# Schneewittchens Geschichte

VOLKER HIMMELSEHER

# Schneewittchens Geschichte

Ein Cold-Case-Krimi

**Bibliografische Information der Deutschen Nationalbibliothek:**
Die Deutsche Nationalbibliothek verzeichnet diese Publikation
in der Deutschen Nationalbibliografie; detaillierte bibliografische
Daten sind im Internet über https://portal.dnb.de/ abrufbar.

© 2022 Dr. Volker Himmelseher
Satz, Umschlaggestaltung, Herstellung und Verlag:
BoD – Books on Demand, Norderstedt

ISBN: 978-3-7568-7502-3

# Inhalt

*Sie saß am Fenster, das in schwarzem Ebenholz gerahmt war, und nähte. Sie schaute hinaus und stach sich aus Unachtsamkeit in den Finger. Drei rote Bluttropfen fielen herab. Sie dachte bei sich, ach hätte ich doch ein Kind mit einer Haut so weiß wie Schnee, Haaren so schwarz wie Ebenholz und Lippen so rot wie Blut. Als sie schließlich ein Töchterlein bekam, war alles wie gewünscht. Sie nannte es liebevoll »Schneewittchen«.*

(Frei nach dem Märchen »Schneewittchen«
von den Brüdern Grimm)

# Zu diesem Buch

**Cold Cases**

Es gehört zu den bedauerlichen Umständen, dass strafrechtliche Untersuchungen, insbesondere von Tötungsdelikten, trotz großer Anstrengungen der Ermittler ungeklärt bleiben. Sie werden dann mangels Beweisen nicht mehr verfolgt und als sogenannte Cold Cases, »kalte Fälle« abgelegt. Dieser Zustand muss nicht endgültig sein. Es kommt durchaus zu weiterführenden Cold-Case-Ermittlungen. Das hat die unterschiedlichsten Gründe:

So verjährt zum Beispiel Totschlag nach 20 Jahren. § 78 StGB kommt zum Zuge. Totschlag wird mit einer Freiheitsstrafe von 15 Jahren belegt. Also ist § 78 Absatz 3 Nr. 2 StGB anzuwenden. Freiheitsstrafen von mehr als zehn Jahren verjähren danach nach zwanzig Jahren. Eine Annäherung an diesem Zeitpunkt führt oftmals dazu, den Fall vorher nochmals aufzugreifen. Nur bei Mord kommt es zu keiner Verjährung, aber es bleibt einem Gericht vorbehalten, zu entscheiden, ob es sich bei einem Tötungsdelikt um Mord oder Totschlag handelt. Deshalb werden auch vermeintliche Morde gern vor Ablauf der Verjährungsfrist von Totschlag nochmals aufgegriffen.

Ursächlich für eine Wiederaufnahme des Falles kann die Weiterentwicklung der Kriminaltechnik sein. So spielte die Entwicklung der DNA-Analyse dabei eine wichtige Rolle, genauso wie Fortentwicklungen bei der Tatortanalyse und der Untersuchung des Täterverhaltens. Ein großer Antrieb für die Wiederaufnahme ungeklärter Fälle können aber auch die Angehörigen des Opfers sein, oftmals mit Hilfestellung der Medien. Sie befinden sich nach dem Schließen solcher Fälle in der Situation zwischen

Bangen und Hoffen. Lebt das Opfer noch oder ist es tot? Die Hoffnung bleibt latent vorhanden, wenngleich sie mit den Jahren schwindet. Auch das Motiv, den Täter zu überführen und zu bestrafen, ändert sich. Der Wunsch nach Vergeltung und Rache nimmt ab, und es bleibt der Wunsch zurück, endlich vom Bangen und Hoffen ins Trauern übergehen zu dürfen. Dabei wünschen sich die Zurückgebliebenen oft einen festen Ort für ihre Trauer. Das ist dann meist ein Grab in geweihter Erde.

Das Opfer hat das Schlimmste überstanden, die Hinterbliebenen stehen noch davor. Sie wollen endlich ihre Ruhe finden. Bis dahin fühlen sie sich wie vor einem Adventskalender des Teufels. Fast täglich versuchen sie ein Türchen aufzumachen, um ein erlösendes Puzzlestück zu finden. Aber ihr Blick auf das Ganze wird nicht besser. Der Fall bleibt kalt. Man fühlt erschüttert mit ihnen mit.

**Zum Handlungsablauf**

Dieser Roman greift auf reale Ereignisse zurück. Er gewinnt dadurch Glaubwürdigkeit und Dramatik. Einzelne Romanteile wurden aus wahren Ereignissen und Entwicklungen abgeleitet und zu einem neuen Ganzen zusammengefügt. Der Zustand von Orten und Einrichtungen wurde zum Teil in die Zeit versetzt oder in schriftstellerischer Freiheit variiert und ergänzt.

Die im Anhang angegebene Literatur bietet die Möglichkeit, sich mit Cold Cases noch tiefer zu beschäftigen. Dieser Roman soll zwar vorrangig Lesespaß bieten, kann aber auch das Grundwissen der Bearbeitung solch tragischer Fälle vermitteln.

# Alles hat einmal ein Ende

Man schrieb das Jahr 1975. Passend zu seiner seelischen Schieflage hatte sich das Wetter gewendet. Es war regnerisch trübe geworden. So dunkel wie der Himmel waren auch Timo Meyers Gedanken. Dabei hatte er doch geglaubt, endlich mit beiden Händen in das große Glück gegriffen zu haben.

Vor gut einem Jahr hatte er Claudia Faller kennengelernt. Er war vom Dienst gekommen, und ein Regenschauer hatte ihn in ein Lokal gespült. Dort wollte er dessen Ende abwarten. Auf seinem Motorrad war ihm die Heimfahrt im strömenden Regen zu ungemütlich. Claudia Faller saß wohl aus gleichem Grund am Nebentisch. Sie erwischten sich dabei, wie sie beide unglücklich zuschauten, wie der Regen gegen die Fenster prasselte, und sie mussten darüber lächeln. Dann wollte Claudia etwas aufschreiben und fand keinen Stift in ihrer Tasche. Fast automatisch holte Timo seinen Kugelschreiber aus der Jacke und reichte ihn ihr. So kamen sie ins Gespräch.

Es wurde Liebe auf den ersten Blick. Die Liebe überkam Timo innerhalb einer Zehntelsekunde.

Ihr makelloses, aristokratisches Hautbild spielte eine wesentliche Rolle dabei. Er sah keinerlei Hautrötungen, keine Pickel, Schuppen oder Blessuren. Claudia war einfach nur schön und anziehend. Sie hatte eine Stimmlage von mittlerer Frequenz, deutlich tiefer als der Frauendurchschnitt. Mit einem kleinen Tremolo hatte sie Timos tiefstes Inneres berührt. Er glaubte, die Frau fürs Leben gefunden zu haben.

Nun stand er verzweifelt vor einem Scherbenhaufen und ließ ihre gemeinsame Zeit nochmals vor seinem inneren Auge vorbeiziehen, um die

Gründe für ihr Ende endlich zu verstehen. Er wog jeden Gedanken nochmals sorgfältig ab, bevor er ihn festhielt:

Er war 20 Jahre alt gewesen, sie fast 18, als sie sich kennen und lieben lernten. Claudia sah ein wenig zu ihm auf, denn er hatte schon einen kaufmännischen Beruf und konnte sich einiges leisten. Er fuhr sogar ein schweres BMW-Motorrad. Ihre Bewunderung machte ihn stolz.

Claudia musste als Schülerin mit einem bescheidenen Taschengeld auskommen. Ihre Verbindung fand in Claudias Elternhaus keine Billigung. Besonders der Vater wünschte sich für seine geliebte Tochter einen Partner mit höherer Bildung. In seinem Gesichtsausdruck standen nur Ablehnung und Widerwillen. Dass sie je einmal miteinander lachen würden, erschien Timo unwahrscheinlich.

Diese inakzeptablen Vorgaben spornten Claudia nur noch mehr an, mit Timo zusammen zu sein. Sie hatte einen eigenen Kopf und gab nichts auf die Worte des Vaters.

Timo war nur in einem Punkt mit dem Vater im Gleichklang: Er konnte verstehen, dass der seine Tochter mit dieser wundervollen weißen Haut »Schneewittchen« nannte. Zu Timos Beruhigung förderte Herr Faller durch seine Ablehnungshaltung unbewusst die Bindung des Paares. Ihre Liebe zueinander konnte sich entfalten.

Bald nutzten die Liebenden einen Opernbesuch von Claudias Eltern zum ersten Beischlaf in deren Haus. Timo fühlte sich im Glücksrausch und erkannte erst jetzt, dass Claudia hingegen ein wenig enttäuscht war. Sie hatte sich ihre erste körperliche Liebe wohl viel größer vorgestellt.

Damit zogen erste Schatten über ihre Beziehung, und die häuften sich in immer kürzeren Abständen. Äußerungen von Claudia verwiesen Timo auf ihren unterschiedlichen Bildungsstand und machten ihn unsicher. Er hatte in seiner Euphorie den Refrain eines Erfolgsschlagers von Vicky Leandros zu ihrem Lied erklärt:

»Dann kamst du
Und mit dir kam die Liebe
Eine Liebe fürs ganze Leben
Nie zuvor

Nie zuvor wollt ich glauben
Dass es sowas je für mich gibt.«

Sein Mädchen war allerdings nicht so glücklich darüber gewesen. »Das ist bestimmt lieb gemeint, aber ich mag lieber englische und französische Lieder.« Damit hatte ihn Claudia kalt erwischt. Er konnte weder Englisch noch Französisch.

Als Claudia das Abitur bestand, hatte Timo sich zunächst mit ihr gefreut. Doch die Freude verging ihm schnell. Claudias Eltern schenkten ihr zur Feier des Tages einen nagelneuen VW. Die Zeit, in der er mit seiner BMW beiden eine größere Mobilität bescherte, war vorbei. Nun nahmen sie ihren Wagen, und meistens fuhr sie. Ein weiterer Pluspunkt von ihm war passé.

Beim Sex ließ Claudia nun manche Gelegenheit aus. Immer wieder hörte er: »Ich fühle mich nicht gut.« Das traf ihn tief und er grübelte darüber nach, was für ihn die Ursache und was die Wirkung war. Für ihn belastete mangelnder Sex die Beziehung. War für Claudia etwa die Beziehung so kaputt, dass sie Sexgefühle gar nicht mehr aufkommen ließ? Wenn er ihr die Unpässlichkeit vorwarf, führte dies zu einem immergleichen, nutzlosen Wortwechsel:

»Sag ich das etwa immer?«

»Ja, das tust du.«

»Wann denn?«

»Gestern, vorgestern und vorvorgestern!«

»Das kann nicht stimmen. Zum Wochenende war ich mit meinen Eltern unterwegs.«

»Ich meine doch nur, dass wir uns ewige Liebe und Treue geschworen haben.« Claudia verzog ihr Gesicht zu einer Grimasse und meinte abfällig: »Nur wenn einem die Treue Spaß macht, dann ist es Liebe.«

Timo erkannte, dass damit alles gesagt war. Er gestand sich endlich ein, dass er vieles falsch gemacht hatte. Nun war es eine Tatsache, dass ihre anfängliche Übereinstimmung sich langsam zersetzt hatte wie in einem Säurebad. ...

Zu guter Letzt war es zu einem Streit vor der Haustür von Fallers gekommen. Claudia wollte ihn nicht empfangen, und ihre Eltern hatten das unschöne Rededuell mit Genugtuung mitbekommen. Letztlich war er schweigend davongegangen. Hans Faller sagte mit Triumph in seiner Stimme zu seiner Frau: »Wir hätten gegen diese Beziehung viel stärker angehen müssen. Dann wäre unserem Schatz einiges erspart geblieben.«

Wieder zu Hause erlebte Timo den Supergau:

Claudia hatte ihm eine giftige Nachricht geschrieben, ein durchgestrichenes Herz mit dem Satz »Basta Amore« hatte ihm den Rest gegeben. Dieser Schlussstrich war von Claudia ernst gemeint.

Trotzdem bat Timo noch mehrfach um einen zweiten Versuch. Doch sie konnte sich nicht einmal auf eine befristete Auszeit verständigen. Ihre Beziehung war endgültig abgepfiffen.

Claudia hatte nie einen größeren Kreis von Freundinnen gehabt. Den anderen Mädchen war sie immer zu schön gewesen. Wenn sie dabei war, wieselten die Jungs nur um sie herum. Sie hatte eher den Kontakt zum männlichen Geschlecht gesucht. So rechnete Timo sehr bald mit einem Nachfolger für sich. Was dann? Aus ihren Kreisen hatte sie ihn ausgestoßen. Ihre Eltern hatten recht behalten. Er befand sich in einer misslichen Lage.

# Ein zweiter Versuch

Der Dauerstreit mit ihrem Freund Timo hatte Claudia sehr belastet. Sie war froh, dass er nun vorbei war: Basta Amore!

Ihr Vater riskierte nun die dicke Lippe, hatte er doch immer gesagt, dass Timo nichts für sie gewesen sei. Das konnte sie sich nun fast täglich, mit jeweils anderen Worten formuliert, anhören: »Ihr passtet einfach nicht zusammen. Timo war in meinen Augen ein richtiger Dünnbrettbohrer, ganz unter deinem Niveau, mein Schatz. Man muss stolz auf den sein, mit dem man zusammen ist, nur dann kann die Verbindung auf Dauer sein.«

Ihre Einstellung änderte das allerdings nicht. Sie würde auch weiterhin nach eigenen Gefühlen entscheiden. Sie brauchte Vaters Ratschläge nicht. Gott sei Dank war ihre Mutter da anders. Obwohl sie als Hausfrau für den privaten Bereich zuständig war, hatte sie nicht an ihr rumgemäkelt. Allerdings war ihr Mann für sie der Größte, und man hatte ihr immer angemerkt, dass sie zu seiner Ansicht stand.

Claudia bedauerte sehr, dass sie keine beste Freundin hatte, mit der sie sich über alles einmal aussprechen konnte. Die Mädchen in ihrem Umfeld mieden sie, denn sie zog alle Jungens magisch an. Das mochte keine von ihnen. So hatte sie meist nur Kontakt mit den jungen Männern gesucht, und die wollten alles andere von ihr, als sich auszuquatschen.

Im Hintergrund lief WDR 2 mit einem Schlagerprogramm. Plötzlich schreckte sie auf:

»Dann kamst du
Und mit dir kam die Liebe
Eine Liebe fürs ganze Leben
Nie zuvor

Nie zuvor wollt ich glauben
Dass es sowas je für mich gibt«,
tönte es aus dem Lautsprecher. Vicky Leandros ließ grüßen! Wie sie das
Lied hasste. Wie oft hatte Timo ihr das zugeflüstert, selbst noch, als sie
ihm gesagt hatte, wie wenig sie diesen kitschigen Refrain mochte.

Claudia konnte nicht gut allein sein. Deshalb hatte sie sich vorgenommen,
schnell einen netten neuen Freund zu suchen. Dieser Abend bot die beste
Gelegenheit dafür. Ihre Abiturstufe richtete im Stadtwald ein Fest aus. Sie
hatten alle zusammengelegt, Getränke und Grillgut gekauft und waren
auch mit schräger Musik gut versorgt. Sie war sich sicher, dort Kontakt
zu finden und bereit, sich dafür auch ein wenig aufzubrezeln.

Was sie anziehen wollte, hatte sie schon aufs Bett gelegt. Es sollte
schick sein, aber auch warm genug. Denn trotz Sommerzeit wurde es
in die Nacht hinein kühl. Leider war sogar unbeständiges Wetter vorhergesagt. Auch dagegen wollte sie sich mit einer Regenjacke rüsten. Sie
wollte ihre weiße Rüschenbluse unter dem roten Pullover tragen, dazu
ihre dunkelrote Samtjeans, weiße Tennisschuhe und weiße Socken. In
ihren schwarzen Haarschopf hatte sie kleine Zöpfchen hineingeflochten.
Das war zurzeit en vogue. Ihre Lippen hatte sie besonders rot gefärbt.
Sie gefiel sich im Spiegel und musste grinsen, denn ihr Vater würde sie
bei seiner Abschiedsermahnung in dieser Aufmachung sicherlich wieder
»mein Schneewittchen« nennen.

Das Fest sollte um 18:00 Uhr beginnen, doch sie wollte erst später dazu-
stoßen. Sie brauchte für ihr Vorhaben einen eigenen Auftritt.

Wenn Alkohol im Spiel war, verzichtete sie immer auf ihren Volkswa-
gen. Es war zwar nicht ganz so bequem, mit der Bahn bis zum Stadtwald
zu fahren, aber viel sicherer. Bestimmt würden sie ihre Eltern bei der
Verabschiedungszeremonie dazu befragen. Aber das war kein Thema,
zu dem es Meinungsunterschiede gab. Für die jungen Autofahrer galt
die 0-Promille-Vorschrift. Schließlich wollte sie ihre Fahrerlaubnis nicht
sofort wieder verlieren. Sie guckte auf ihre Armbanduhr. Es war bereits

17:00 Uhr und sie konnte sich langsam bei den Eltern verabschieden. Sie lauschte im Treppenhaus nach unten und hörte sie im Wohnzimmer miteinander sprechen. Beschwingt schwebte sie die Treppe hinunter.

Vaters Blick fing sie ein, und in seinem Gesicht erschien ein Lächeln. »Mein Schneewittchen, was hast du dich fein gemacht. Aber du kommst doch heute Abend nicht auf dumme Gedanken?«

Claudia zog einen Schmollmund und antwortete patzig: »Was du nur denkst. Ich will mich mit meinen Freunden nur ein wenig amüsieren, ich schleppe dir schon keinen Hinkenden ins Haus.« Margot Faller sah ihren Mann entsetzt an. Sie erwartete eine scharfe Antwort. Doch sie sollte sich irren. Hans Faller lachte gequält. »Du Dummchen, du weißt genau, dass es mir darum nicht geht. Aber ein junger Mann für dich sollte Qualitäten haben, innere Werte meine ich.«

Claudia lachte hämisch. »Ja, da muss ich an deinen Anglerfreund Onkel Franz denken. Der sagt immer: ‚Der Kerl hat innere Werte, hat Würmer, die brauche ich zum Angeln!‘«

Hans Faller schüttelte sich. »Darauf kann ich dir nur mit der Lieblingsgeschichte meines Klassenlehrers antworten: ‚Was ist der Unterschied zwischen mir und einem Fass? Die Antwort lautet: Ein Fass ist mit Reifen umgeben, ich aber mit einer Unreifen.‘«

Margot Faller lachte beifällig, aber Claudia winkte ab und meinte: »Die Geschichte hast du schon zu oft erzählt. Ihr Wiederholen gibt keine Punkte mehr.«

Ihr Vater blieb für seine Verhältnisse äußerst ruhig. »Wenn du dich heute Abend so frech verhältst, muss ich mir keine Sorgen machen. Die jungen Männer von heute sind sehr bequem, sie lassen sich auf solche Wortscharmützel gar nicht erst ein. Sind wir uns wenigstens einig, dass dein Auto heute in der Garage bleibt?«

»Aber sicher doch Chef, null Problemo, den Wagen nur mit

0-Promille.« Sie küsste ihren Vater neckisch auf die Wange und drückte kurz ihre Mutter. Doch ihr Vater gab noch nicht auf, und das Gerangel ging weiter: »Tu nicht so erwachsen, mein Schatz.«

»Das bin ich aber wirklich.«

»Seit wann denn?«

»Schon ewig, ich bin nämlich ein Mädchen.«

Damit wollte sie das letzte Wort behalten.

Beschwingt verließ sie das Haus in der Sebastianusstraße. In ihrem Inneren verspürte sie trotz allem die Gewissheit, dass ihre Eltern sie sehr liebten. Sie war ihr einziges Kind. Die Geburt war ihrer Mutter sehr schwergefallen, nur deshalb hatten die beiden von einem weiteren Versuch Abstand genommen.

Claudia trug die Regenjacke über dem Arm, denn es war draußen warm und trocken. Sie ging die Aachener Straße hinab Richtung Bahnhof. Sie kannte die Fahrzeiten auswendig, hatte eine günstige ausgesucht und musste deshalb auf dem Bahngelände nicht lange auf die Ankunft der Bahn warten. Auf dem anderen Gleis sah sie einen Nachbarn und winkte ihm fröhlich zu. Der winkte zurück. Einen Fahrschein musste sie nicht kaufen, sie hatte eine Monatskarte. Die machte Sinn, wenn man draußen im Speckgürtel vor der Stadt wohnte.

In Köln-Weiden West stieg sie um in die Straßenbahn und fuhr die Aachener Straße entlang bis zur Haltestelle an der alten Militärringstraße. Dann schlenderte sie durch die schmale Reschdorffstraße bis zur Friedrich-Schmidt-Straße, überquerte sie und nahm den Weg in den Stadtwald. Sie orientierte sich Richtung Wildpark. Dahinter lag ihr Treffpunkt auf einer großen Rasenfläche. Die hatte genügend Abstand zu den Häusern. Hier konnte man ungestört Krach machen.

Bald schallten ihr Stimmengewirr mit vielen Lachern dazwischen entgegen. Am Treffpunkt herrschte auf jeden Fall schon reges Leben. Nach einigen weiteren Schritten glaubte sie einen Hauch von Grillduft wahrzunehmen. Sie hatte um die Mittagszeit nichts gegessen und durchaus Appetit. Am meisten freute sie sich aber über die Klänge der Musik. Die waren ganz nach ihrem Geschmack. Im Moment schallte »Dancing Queen« von ABBA aus den Boxen. Sie mochte die schwedische Popgruppe mit Agnetha Fältskog, Anni-Frid Lyngstad, Björn Ulvaeus und Benny Andersson und summte die Melodie automatisch mit.

Als die große Rasenfläche in ihr Blickfeld kam, sah sie nicht nur einige Bekannte, sie hörte auch einen weiteren Millennium-Hit von ABBA.

»Mamma Mia …«

»Mamma mia, here I go again
My, my, how can I resist you?
Mamma mia, does it show again
My, my, just how much I've missed you?«,
ließ ihre Schritte in kleine Sprünge voll im Takt wechseln.

Sie sah Franz Büttner, den wollte sie meiden, der hatte ihr mit seiner feuchten Aussprache bei der Abifeier einige Speisereste auf die Bluse befördert. Danach hatte er den ganzen Abend nicht aufgehört, sich zu entschuldigen. Er hing an ihr wie eine Klette und machte alles noch schlimmer. Sie musste dabei auch noch erfahren, wie stark sein Schweißgeruch war. Eine peinliche Situation! Hätte er doch nur nicht in seiner Ungeschicklichkeit weiter rumgerührt.

Ihre Bekleidung stimmte, stellte sie fest. Nahezu alle hatten Turnschuhe und Jeans an. Mein Outfit ist in den Farben aber besonders spannend, dachte sie zufrieden und fühlte die Blicke der vielen Möchtegernmänner auf sich ruhen. Sie war eben nicht nur hübsch und klug, sie hatte auch einen besonderen Geschmack. Ein wohliges Kribbeln durchfuhr sie. So hatte sie sich das vorgestellt. Nun musste sie nur noch den Richtigen finden.

Klaus Wienhold war der Mädchenschwarm des Abiturjahrgangs. Er sah gut aus, war sportlich und auch in den anderen Fächern einer der Besten. Das hatte ihn selbstsicher gemacht, oftmals war er sogar arrogant. Ob er wirklich zu der Feier gehen wollte, hatte er sich am Morgen noch als Option offengehalten. Da war noch ein anderes Eisen im Feuer. Am letzten Wochenende hatte er in der Disco eine niedliche Verkäuferin kennengelernt. Die war verrückt nach ihm, und er wollte heute testen, was mit ihr möglich war. Er war recht zuversichtlich. Eva Mittag hieß die Kleine, mit der er am frühen Nachmittag an der Haltestelle Weiden-West verabredet war. Eva war pünktlich. Sie kam die Treppe heruntergesprungen und schmachtete ihn an. Der kleine Schmetterling ist schon im Netz, dachte er zufrieden, ging auf sie zu und küsste ihr, ganz Kavalier, auf beide Wangen. Er wollte unbedingt ihre gute Stimmung bewahren und erklärte seinen Plan für den Nachmittag: »Das Wetter ist noch gut, ich denke, wir sollten mit meinem 2CV raus ins Grüne fahren. Ich kenne dort ein nettes Waldcafé, dort können wir Eis essen gehen. Ich liebe das Heidelbeer- und das Schokoladeneis, das sie dort fabrizieren. Darf ich dich einladen?« Eva strahlte. Er schaute sie aber auch so freundlich an, und außerdem aß sie auch gerne Eis. Ihre Antwort kam prompt: »Aber gerne, ich hoffe, die haben auch Salz-Karamell und Vanille?«

»Bestimmt, ich freue mich«, erwiderte er und beschleunigte seinen Wagen wie zur Bestätigung. Sie fuhren eine halbe Stunde über das Land und die Umgebung wurde immer grüner und baumreicher. Dann bog er von der Straße ab auf einen Waldweg. »Wir nehmen eine Abkürzung«, erklärte er dazu. Die Sonnenstrahlen blitzten durch das Laubwerk und tauchten die Welt darunter in goldenes Licht. Er fuhr noch einige hundert Meter in den Wald und der Weg wurde immer enger. Eva schaute ihn verunsichert an. »Was soll das? Hier gibt es bestimmt kein Eis.« »Überraschung! Steig aus, dann wirst du sie sehen.« Sie tat es zögerlich und folgte ihm ein paar Schritte. Ohne Ankündigung zog er sie in seine Arme. Seine Finger bohrten sich unterhalb ihrer Taille in den Rücken. Das fühlte sich merkwürdig an. Ihre Sinne funktionierten mit Alarm, sie wurde hyperwach. »Ich möchte nach Hause«, sagte sie. Er lachte kurz auf. »Was hast du dir denn gedacht? Wir sind doch keine Kinder mehr. Wer A sagt muss auch B sagen«, erklärte er mit belustigter Stimme. »Wir sind gleich da. Es wird schön werden, das verspreche ich dir.« »Was soll das?«, entfuhr ihr mit ängstlichem Unterton. Er blieb ihr eine Antwort schuldig.

Haut, Herz und Gliedmaßen brannten ihr plötzlich vor Angst. »Wenn du das mit mir vorhast, was ich glaube, dann hast du dich in mir geirrt. Ich habe gedacht, du magst mich, bin aber kein Mädchen für einen schnellen Fick.« Sie drehte sich von ihm weg und wollte fortlaufen.

Klaus Wienhold war äußerst enttäuscht. Für einen Moment kämpfte er mit sich, sie mit Gewalt zurückzuhalten, doch dann gab er nach: »Wie du meinst, du dummes Ding, ich treibe es nicht mit kleinen Kindern. Und das auch noch gegen deren Willen. Andere Eltern haben auch schöne Töchter.«

»Ach ich verstehe. Nur Menschen werden geliebt, ein dummes Ding benutzt.« Wieder etwas ruhiger ging sie weiter Richtung Wagen. Ihm kroch die Wutröte den Hals hinauf. »Sei nicht so vorschnell. Du solltest in dein Gehirn eintätowieren lassen: Ich könnte mich irren!« Dann folgte er ihr stumm, aber ärgerlich.

»Ich bring dich zur nächsten Haltestelle, dann kannst du sehen, wie du nach Hause kommst. Werde erst mal richtig erwachsen, bevor du dich mit einem Mann einlässt beziehungsweise so tust, als ob.«

Eva hielt es für besser zu schweigen. Sie wollte nur von ihm fort.

Als er sie los war, war ihm klar, dass sich dieser Flop nur durch ein Erfolgserlebnis verdrängen ließ. Er beschloss, am Abend zur Feier zu gehen.

Klaus Wienhold hatte noch genügend Zeit, um sich etwas frisch zu machen. Schnell saß er wieder in seinem Wagen und fuhr Richtung Stadtwald. Er grollte immer noch über das dumme Erlebnis mit der kleinen Verkäuferin. Vom Grunde her war sein Blick allerdings schon wieder zuversichtlich nach vorne gerichtet, er würde schon im Stadtwald seine Beute finden. Zwischen den Bäumen klang ihm »Puppy Love« von Donny Osmond entgegen. Er hatte das Lied als Singleplatte von MGM Records zu Hause.

Er zelebrierte seinen Auftritt unter dem Hallo von Freunden und Bekannten. Sein Auge taxierte dabei alle weiblichen Teilnehmer. Sein Blick blieb bei Claudia Faller hängen. Sie war von einem Pulk schmachtender Jünglinge umringt. Sie hatte er schon länger auf seiner Liste. Wenn nicht jetzt, wann dann?, dachte er. Zur Einstimmung nahm er sich erst einmal eine Flasche Kölsch und beäugte sie ganz offensichtlich. Als sie das bemerkte, huschte ein unbestimmtes Lächeln über ihre Lippen. Sie war anscheinend nicht grundsätzlich auf Anti gestimmt. Er griff sich eine zweite Flasche

Kölsch und ging langsam auf sie zu. Seine Anmache war dreist: »Hallo, du bist etwas Besonderes. Für deinen Teint würde manches Modell einen Mord begehen.« Claudia lachte hell. Sie fühlte, dass möglicherweise der Richtige angebissen hatte. Er hielt ihr die Flasche hin und meinte: »Wollen wir beiden Hübschen etwas für die Gesundheit tun?«

»Da sag ich nicht nein, solange es wirklich gesund bleibt«, kam belustigt zurück. Klaus Wieland meinte, einen Tropfen abbekommen zu haben und schaute in den Himmel. Dann sagte er zu ihr: »Oh Gott, das da oben ist nicht die Abenddämmerung, das sind Regenwolken. Ich habe gerade die ersten Tropfen abbekommen.« Claudia schaute besorgt nach oben und fand seine Einschätzung bestätigt. »Dann werde ich hier leider nicht alt werden, so traurig das ist.«

»Ich habe meinen Wagen direkt an der Friedrich-Schmidt-Straße stehen. Wir könnten zu mir fahren und es uns gemütlich machen. Meine Eltern sind verreist, und ich habe eine sturmfreie Bude.« Claudia reagierte harsch: »Dein Angebot mag ja nett gemeint sein, aber ich fahre mit keinem, der Alkohol intus hat und suche erst recht keinen One-Night-Stand.« Damit wurde sie die zweite Frau, die Klaus heute stehen ließ.

Nun wurde es schnell dunkel und der Regen setzte früher ein, als Claudia erwartet hatte. Sie hatte ihre Regenjacke übergezogen und war bereit zum Abflug. Es war äußerst ungemütlich geworden. Dort, wo die Nässe am Kragen durchdrang, klebte sich ihr Hemd an den Körper. Claudia zitterte und fror.

Klaus hatte alles vergrätzt aus dem Augenwinkel verfolgt, aber war zu stolz, ihr hinterherzudackeln. Trotzdem fand er es ärgerlich, dass sie ging.

Es war nun dunkel und nass. Keine Lichter der Stadt verseuchten das Dunkel. Das würde erst wieder am Rande des Stadtwaldes beginnen. Claudia leuchtete immer wieder kurz die Wegstrecke an, um sich zu orientieren. Irgendwo aus den hohen Bäumen erklang der Ruf einer Eule. Das war ziemlich unheimlich. Claudia bereute nun doch, allein aufgebrochen zu sein. Selbst ein angetrunkener Begleiter wäre ihr jetzt lieb gewesen. Aber sie hatte sich so entschieden und musste nun damit leben. Sie legte einen Schritt zu. Bald verspürte sie irgendwo um sich herum noch Leben. Hundegebell klang zu ihr rüber. Es war nicht gefährlich, hörte sich eher freudig an. Claudia fühlte Erleichterung. Doch leider wurde es bald wieder verdächtig still. Sie eilte weiter und merkte ärgerlich, dass sie immer wieder in Pfützen stapfte. Aber es konnte nicht mehr weit bis zur Straße sein. …

# Ermordung von Schneewittchen

Für ihn war es wieder so weit. Der Drang, eine Frau auf seine Art zu besitzen, war übergroß geworden. **Er** musste mit einer Tat ein Zeichen setzen, seinem Umfeld zwanghaft kundtun, dass er ein Dominator war. Dazu brauchte er die Angst einer Frau und letztlich ihre endgültige Unterwerfung. Nur das brachte ihm im Kontakt mit ihr Befriedigung und ein höheres Selbstwertgefühl.

Die Straße war völlig menschenleer. **Er** hatte den Wagen am Bürgersteig geparkt, direkt wo der kleine Waldweg aus dem Stadtwald auf die Straße stieß. **Er** wartete in der Dunkelheit hinter einem Baum. **Er** wusste, dass dieser Weg von jungen Leuten, die gefeiert hatten, noch spät genutzt wurde. Von hier aus war es nicht weit bis zur Straßenbahnhaltestelle.

**Er** wartete mit der Geduld einer Spinne im Netz.

Sein Warten wurde belohnt. **Er** hörte Schritte. Es waren leichte Schritte, von einer einzelnen Person, wahrscheinlich einer Frau. Das war seine Wunschsituation! Sollte wirklich die erste Passantin für sein Vorhaben geeignet sein?

Es wurde sein Glückstag. Die Umrisse einer zierlichen Frau wurden im Regenschleier sichtbar. Sie ging zielstrebig auf die Straße zu. **Er** löste sich geräuschlos vom Baum und näherte sich ihr vorsichtig. **Er** musste nicht weit gehen, denn sie kam ihm ja entgegen. Sie stutzte erst, als **Er** vor sie trat.

Mit drohender Stimme sagte **Er**: »Sei vernünftig und halt die Klappe, dann wird dir nichts geschehen.«

Sie verharrte willfährig mucksmäuschenstill. **Er** sah allerdings, wie sehr sie zitterte. Das verursachte ihm ein starkes Lustgefühl. Aus seinem Jackeninneren holte **Er** einen Elektroschocker hervor, ein Stabgerät. **Er** setzte die beiden Kontakte an der Spitze auf ihrer Haut und drückte ab. Das Gerät erzeugte aus einer niedrigen Batteriespannung eine hohe Ausgangsspannung. Der elektrische Strom nahm den kürzesten Weg zwischen den beiden Elektronen und fuhr in ihren Körper. **Er** machte sie sofort widerstandsunfähig.

**Er** fesselte und knebelte sie schnell und professionell. **Er** hob sie hoch und ging Richtung Wagen. Im Unterholz verlor sie einen Schuh und holte sich Kratzspuren an dem nackten Fuß.

Sie war so leicht, dass **Er** sie bequem in die Kofferkammer heben konnte. In ihrer Schockstarre rührte sie sich nicht. Als **Er** sah, dass ihr ein Schuh fehlte, fluchte **Er** leise, aber **Er** beschloss, ihn nicht zu suchen.

Als **Er** in seinen Wagen stieg, atmete er tief durch. Alles war gut gegangen. Niemand war ihm in die Quere gekommen. **Er** startete und fuhr die Friedrich-Schmidt-Straße stadtauswärts. Von ihr wollte **Er** weiter über die Aachener Straße bis Frechen-Königsdorf. Dort im Villewald konnte **Er** ungestört zur Sache gehen. Da kannte **Er** sich aus. **Er** wusste nicht, dass dort auch sein Opfer zu Hause war. Das Schicksal ging eben unerwartete Wege.

**Er** fuhr auf der Aachener Straße ca. 200 Meter aus dem Ort heraus. Dort befand sich ein Wanderparkplatz. **Er** war erleichtert, dass dort kein Wagen stand. Manchmal parkte hier eine Liebesdienerin mit ihrem Kombi und bot sich den Freiern an. In diesem Falle hätte **Er** weiterfahren müssen.

**Er** parkte in einer Ecke, gut von Büschen eingerahmt. Sein Wagen fiel kaum auf. Ein schmaler Weg führte von dort in den Wald. Den wollte **Er** gehen, denn tiefer zwischen den dunklen Bäumen würde **Er** ungestört sein.

Als **Er** seinen Kofferraum öffnete, sah **Er** sofort, dass die junge Frau aus der Schockstarre erwacht war. Sie schaute ihn mit ihren großen Haselnussaugen verängstigt an. Als **Er** sie herausheben wollte, wand sie sich unter seinen Händen. Das machte ihn wütend. Seine rechte Hand schnellte vor und umschloss fest ihr linkes Handgelenk. »Du blöde Kuh, du bist selbst schuld, dass ich dir weh tun muss«, zischte **Er**. Seine Stimme war scharf und drohend. Ihr Atem stockte. Was sollte das? **Er** stellte sie auf ihre Beine. Sie waren ihr im Kofferraum taub geworden, und sie wäre fast umgeknickt. **Er** hielt sie fest und schnitt ihr die Beinfesseln auf. »Sei nicht so faul. Jetzt kannst du selbst wieder ein paar Schritte gehen. Es ist nicht mehr weit.« Bis wohin?, dachte sie ängstlich, tat allerdings, was **Er** ihr befohlen hatte. In ihrem Kopf hatte sie schnell die Entscheidung getroffen, ihn nicht weiter aufzuregen. Hier in der Einsamkeit konnte sie sowieso nicht gegen ihn ankommen. Sie war viel zu kraftlos, um zu fliehen.

**Er** war enttäuscht. **Er** hatte fest damit gerechnet, sie würde lautstark um ihr Leben flehen und dem mit Lustgefühl entgegengesehen. Nach ein paar Minuten erreichten sie einen großen Baum, der allein mitten im Gebüsch stand und vor dem eine Lichtung begann. **Er** hatte sein Ziel erreicht.

**Er** war ein grausames Kind gewesen, hatte Schnecken zertreten, Schmetterlingen die Flügel abgezupft und Frösche mit dem Strohhalm aufgeblasen, bis sie platzten. Jetzt wollte **Er** sich eine ähnliche Freude mit ihr bereiten. **Er** hatte plötzlich Handschuhe an den Händen und schleuderte sein Opfer herum. Schon diese Berührung erzeugte ein Gefühl von Stärke und bereitete ihm ein Lustgefühl. Das Opfer fiel völlig unvorbereitet mit dem Gesicht nach unten auf den Waldboden. Beim Fallen sah Claudia nichts als Unterholz und Erde. Mit seinem Gewicht und seiner Kraft hielt **Er** sie dort fest. **Er** schauerte vor Lust. **Er** drückte ihr Gesicht auf den Boden. Sie öffnete instinktiv ihren Mund, um zu schreien. Erde drang in ihn ein, und sie konnte feuchte Klumpen schmecken und versuchte krampfhaft, sie nicht zu schlucken. Es war ihr aber unmöglich, sie auszuspucken, denn der Druck auf ihren Hinterkopf ließ keinen Raum zwischen Mund und dem Boden. **Er** flüsterte ihr ins Ohr: »Du musst keine Angst haben, durch den Tod vergisst du nur, wer du mal warst.« Sie schnaufte wild wie ein aufgeschrecktes Tier durch die Nase. »Du gehörst jetzt mir. Ich hab dir einen Gefallen getan. Vergiss das nicht«, flüsterte **Er** rau zu ihr hin. **Er** verschloss ihre Nase mit seiner rechten Hand. Klaustrophobie stieg in ihr auf. In ihrem Hirn explodierte die Angst. Sie konnte nun keine Luft mehr holen. Plötzlich verweigerten ihre Sinne jegliche weitere Arbeit. Ihr Gehirn schaffte keine zusammenhängenden Gedanken mehr. Vor ihrem inneren Auge wurde es schwarz. Sie verspürte keine Angstgefühle darüber mehr, was ihr als Nächstes Schlimmes passieren könnte. Ihr Mörder hingegen stöhnte vor Lust, und unter dem Stoff seiner Hose fühlte **Er** am Bein einen starken Samenerguss. Ich brauche keinen schmutzigen Beischlaf für meine Befriedigung, dachte **Er** triumphierend und wusste gar nicht, wie jämmerlich **Er** war.

Der Mörder bettete sie vorsichtig in Schlafstellung auf dem Erdboden. Sein Blick fiel auf die zarte Goldkette, die ihr bis auf die Brust hing. Sie trug eine runde Goldplatte mit einem Bild darauf. Sie war ein Geschenk ihres Vaters und zeigte das Antlitz von Schneewittchen. **Er** beließ es dort, er wollte in seinem Triumph kein Dieb werden.

Schließlich bedeckte **Er** sie mit einigen losen Zweigen. Es regnete immer noch, wenn auch nicht mehr so stark. Es fiel nur noch ein feiner, kalter Regen. Der Boden war längst vom Wasser ausgewaschen, alles wirkte wie abgeleckt und würde keine Spuren mehr freigeben, befand **Er** zufrieden. Der Mörder ging klatschnass zu seinem Wagen, kalter Wind fuhr durch seine blaue Fliegerjacke und stach in die Knochen. Alles roch modrig, und der Wind wirbelte sein Haar durcheinander. **Er** schloss die Tür auf und startete, gab Gas und nahm ungerührt jedes Schlagloch mit.

**Er** fühlte sich durch seine Tat befreit und wollte nur noch ungesehen fort.

Erinnerungsbilder seines Lustmordes erschienen wie in Sepia getönt, wie in einem alten Spielfilm, vor seinem inneren Auge. **Er** hatte seine Macht gezeigt. Sein Opfer hatte sie erfahren. **Er** war noch halb weggetreten, als diese lustvollen Bilder wieder verschwanden. Bis zum nächsten Mal hatte er Ruhe gefunden.

# Vermisstenmeldung

Hans Faller hatte mit seiner Frau Margot das Frühstück eingenommen. Sie waren im festen Glauben, ihre Tochter würde nach der Party noch schlafen. Sie hatten beschlossen, sie nicht zu stören. Nach dem Frühstück küsste Hans Faller seine Frau und machte sich auf den Weg ins Büro.

»Wenn etwas ist, Schatz, kannst du mich heute jederzeit erreichen. Ich habe keinerlei Außerhaustermine.«

Gegen 11:00 Uhr rief Margot Faller ihn dann wirklich an. Beunruhigt, dass die Tochter sich immer noch nicht rührte, hatte sie in ihrem Zimmer nachgeschaut. Zu ihrem Schreck war das Bett unberührt gewesen. Einfach wegbleiben war nicht Claudias Art. Es musste etwas passiert sein. Margot musste sich schnell mit ihrem Mann abstimmen.

Hans Faller war genauso aufgeregt wie sie. Doch er war auch entschlussfreudig. »Schatz, lass mich mal machen. Ich werde sofort die Polizei anrufen und Claudia als vermisst melden. Du hörst wieder von mir.« Er hatte es eilig.

Sein Anruf ging sofort durch. Auf der anderen Seite meldete sich eine angenehme Stimme: »Polizeiwache Frechen-Königsdorf. Mein Name ist Rudolf Müller, was kann ich für Sie tun?«

»Guten Tag, mein Name ist Hans Faller. Ich wohne in Frechen-Königsdorf, Sebastianusstraße 4. Ich möchte meine Tochter Claudia als vermisst melden. Sie ging gestern Abend zu einer Feier mit Freunden und kam bis jetzt nicht zurück. Das ist völlig ungewöhnlich für sie. Wenn es einmal spät wird, ruft sie an. Das ist bis jetzt nicht erfolgt.«

Rudolf Müller rollte still vor sich hin mit den Augen. Vielleicht hat sie kein Telefon in der Nähe, dachte er. Der Beamte hatte sich an der Kaffeemaschine gerade einen Becher Kaffee gezogen und fühlte sich gestört. Er suchte nach einer Möglichkeit, den Anrufer elegant abzuwimmeln.

»Können Sie mir das Alter Ihrer Tochter nennen?«

»Natürlich«, antwortete Hans Faller ungeduldig. »Claudia ist achtzehneinhalb Jahre alt.«

»Dann habe ich mit Ihrer Meldung ein Problem. Volljährige können ihren Aufenthalt frei bestimmen. Sie brauchen weder die Zustimmung ihrer Eltern noch müssen sie vorab ihre Absichten kundtun. Ein erwachsener Mensch kann ohne Weiteres einmal ein, zwei Tage verschwinden. Den Aufenthaltsort Ihrer Tochter dürfen wir Ihnen sogar nur mit Zustimmung Ihrer Tochter mitteilen. Bei dieser Sachlage müssen wir zuwarten. Sicherlich klärt sich Ihr Problem bald von selbst. Die meisten Anzeigen nehmen glücklicherweise ein gutes Ende. Selbst nach einem Monat werden, statistisch errechnet, 80 Prozent von ihnen hinfällig.«

Hans Faller war ein befehlsgewohnter Mann und blieb stur:

»Glauben Sie mir, unsere Tochter würde sich melden. Sie reißt nicht einfach aus. Wir wohnen gerne zusammen und sind Offenheit untereinander gewohnt. Nach meinem Kenntnisstand sind gerade die ersten zwei Tage für die Verfolgung einer Straftat entscheidend. Danach sind die Spuren meist schon nicht mehr frisch genug für einen Fahndungserfolg. Also seien Sie doch bitte ein wenig flexibel. Das Volljährigkeitsalter wurde doch erst im Januar von 21 auf 18 Jahre heruntergesetzt.«

Rudolf Müller hatte aber weitere Gründe für sein Zögern parat: »Liegen denn bei Ihrer Tochter irgendwelche besonderen Gründe vor? Ist sie vielleicht depressiv? Hat sie eine physische Erkrankung? Braucht sie lebenswichtige Medikamente oder hat sie schon mal Suizidabsichten geäußert? Dann läge die Angelegenheit anders. Wir würden sofort tätig.«

Die Stimme von Hans Faller wechselte von bestimmt in ärgerlich: »Wo denken Sie hin. Unsere Tochter ist kerngesund und weist keine der genannten Probleme auf. Sie fühlt sich in der Familie wohl und würde alles dafür tun, dass wir uns keine Sorgen machen. Das hat sie dieses Mal nicht getan. Deshalb haben meine Frau und ich berechtigte Angst. Verweigern Sie also keine Amtshilfe.«

»Herr Faller, beruhigen Sie sich. Hier geht es nicht um Amtshilfe oder nicht. Ich befrage Sie nach den gängigen Regeln. Ich bin nicht befugt, einfach die ganze Fahndungsmaschinerie anzuwerfen, Bereitschaftspolizei, Suchhunde, womöglich Hubschrauber und Wärmebildkameras. Die Gefährdungslage muss eingeschätzt werden. Die sogenannte unmittelbare Personensuche wird erst eingeleitet, wenn real Lebensgefahr vermutet werden muss. Das scheint nicht gegeben.«

Nun war Hans Faller völlig entnervt: »Und ich vermute wohl zu Recht, dass es zwecklos ist, mit Ihnen weiter zu debattieren. Ich rede gegen eine Betonwand! Ich muss mich wohl an höherer Stelle über Sie beschweren. Sie sollten sich im Klaren sein, wenn irgendetwas Schlimmes passiert, dann wird Sie mein Anwalt zur Rechenschaft ziehen.«

Hans Faller hatte das Gespräch abrupt unterbrochen. Er ließ dem Beamten keine Zeit für weitere Beschwichtigungen. So blieb Müller nichts anderes übrig, als sich selbst in seiner Meinung zu bestärken: »,Sie hören von meinem Anwalt‘ ist die Erwachsenen-Version von ,Das sag ich meiner Mama!‘«, murmelte er wütend vor sich hin.


Margot Faller war am Boden zerstört, als ihr Mann ihr berichtete, die Polizei unternähme nichts, wenn eine über 18-jährige für einige Tage verschwände. Er erzählte ihr haarklein, was er alles vorgetragen habe, um den Beamten umzustimmen. »Hätte ich das gewusst, hätte ich unser Kind niemals in die Nacht hinein fortgehen lassen«, sagte Margot mit weinerlicher Stimme. Hans Faller musste sie trösten. »Bleib ruhig, mein Schatz, wahrscheinlich wird sich wirklich alles zum Guten wenden. Und bis dahin, glaube mir, werde ich nicht lockerlassen, bis diese Kerle endlich etwas unternehmen.«


Hans Faller war rastlos. Seine innere Anspannung veranlasste ihn, nervös auf und ab zu laufen. Er grübelte nach, was er tun könnte. Da fiel ihm Dr. Winter ein, ein sehr guter Bekannter bei der Kölner Staatsanwaltschaft.

Den wollte er anrufen, vielleicht konnte er ihm behilflich sein. Und wirklich, es funktionierte. Schon am dritten Tage nach Claudias Verschwinden nahm die Kriminalpolizei auf Initiative der Staatsanwaltschaft die Ermittlung auf. Beziehungen schaden eben nur dem, der keine hat.

Im Sekretariat wurden Standardordner angelegt. Sie berücksichtigten bereits Unterlagen für die Bereiche, die zurzeit noch gar nicht spruchreif waren. So enthielt die Hauptakte zum Beispiel schon Rubriken für Strafanzeigen, Anträge, Zwischenbericht und Schlussbericht sowie ärztliche Untersuchungen und Justizunterlagen.

Relevant waren jetzt schon die folgenden Untergliederungen:
Kenntniserlangung des Falles
Vernehmungsprotokolle, Zeugenbefragung
Daten zum Opfer
Fahndungsmaßnahmen
Fotografien
Pressemeldungen und eigene Pressemitteilungen
Ordnung war schließlich alles. Sie war Grundlage einer erfolgreichen Fallbearbeitung. Die Ablage wurde gedoppelt und ging größtenteils auch an die Staatsanwaltschaft.


Die Kripo startete eine gründliche Informationserhebung. Über das Gymnasium von Claudia konnte sie die möglichen Teilnehmer an der Feier mit Adresse und Telefonnummer eingrenzen.

Schon der erste Anruf traf auf einen Teilnehmer des Festes.

Er konnte den Austragungsort der Feier genau beschreiben und immerhin 15 Teilnehmer mit Anschrift und Telefonnummer benennen.

Alle 15 wurden daraufhin telefonisch befragt. Anhand ihrer Aussagen konnte die Liste der Teilnehmer auf 35 Personen ergänzt werden. Eine Telefonstafette begann, bei der alle zusätzlichen Informationen protokolliert wurden.

Die »operative Fallanalyse, OFA« nahm endlich Schwung auf. Bald stand fest, dass Claudia auf der Feier gewesen war. Sie hatte allerdings das Fest bereits vor Mitternacht verlassen, und das allein. Ein Mädchen erinnerte sich, dass Klaus Wienhold sie nach Hause fahren wollte. »Claudia hat das abgelehnt, weil Klaus Alkohol getrunken hatte«, konnte sie berichten. »Sie hat sich also ganz allein auf den Weg gemacht.« Klaus Wienhold konnte hinzufügen, dass sie zur Station der Straßenbahn wollte.

Zur nächsten Phase der Informationserhebung gehörte die Befragung von Claudias Eltern. Hans Faller freute sich diebisch auf die Vorladung durch den Beamten. Schließlich hatte er mit seinen Beziehungen die Ermittlung in Gang gesetzt. Das wollte er denen deutlich hinter die Ohren schreiben. Auch den Vorwurf, wichtige Zeit ungenutzt verstreichen gelassen zu haben, würde er anbringen.

Kommissar Christian Matzke zeigte sich gut informiert. Er stand der kleinen Kommission vor, die für den Fall eingerichtet worden war. Geschmeidig ging er über die Vorwürfe hinweg und sagte in großer Freundlichkeit: »Herr Faller, Sie und Ihre Frau kennen Ihre Tochter Claudia am besten. Deshalb haben wir große Hoffnung, von Ihnen zu erfahren, wer Claudia etwas antun könnte. Außerdem hoffe ich, dass Sie uns über die Kleidung Auskünfte geben können, die Ihre Tochter beim Verlassen des Hauses trug. Wenn Ihnen irgendetwas anderes wichtig erscheint, lassen Sie uns dies wissen. Jede Information kann wertvoll sein. Wir haben mit Ihnen das gemeinsame Interesse, Ihre Claudia gesund und lebend wieder zurückzubringen. Daran arbeiten wir, und zwar in jede Richtung. Unser Ermittlerteam untersucht zurzeit den Ort der Feier und seine Umgebung.«

Herr Faller zeigte sich versöhnt, antwortete aber rein nach Bauchgefühl: »Für mich gibt es einen Hauptverdächtigen, und zwar den Exfreund von Claudia. Die Freundschaft der beiden hat uns gar nicht gefallen. Timo Meyer, so hieß der Kerl, passte nicht in unsere Kreise. Als Claudia endlich mit ihm Schluss gemacht hatte, wurde er vor unserer Haustüre ausfällig. Er hat unsere Tochter beschimpft. Dann ist er mit seinem stinkenden Motorrad wütend fortgefahren. Ihm traue ich alles zu.«

»Gehörte er Ihres Wissens zu den Gästen der Feier?« »Nein, er gehörte nicht zur Schulclique. Ich kann mich an keinen Jungen erinnern, der aus der Clique schon mal hier gewesen ist. Also kann ich Ihnen dazu auch nichts sagen.«

Nun meldete sich Margot Faller zu Wort: »Ich übernehme gerne die Schilderung der Kleidung meiner Tochter. Sie trug ein weißes Rüschenhemd, einen roten Pullover darüber und eine dunkelrote Samthose. An den Füßen hatte sie weiße Turnschuhe und weiße Socken. So wie das Wetter sich in dieser Nacht verhalten hat, war sie gut beraten gewesen, ihre blaue Regenjacke dabeizuhaben.« Herr Faller musste unbedingt noch etwas hinzufügen, das ihn mit Stolz erfüllte: »Claudia trug natürlich auch ihre Goldkette mit dem Schneewittchen-Anhänger. Ich nenne sie immer ‚mein Schneewittchen‘ und deswegen habe ich ihr die Kette geschenkt.« Der Kommissar nickte verstehend. Weitere Informationen wurden nicht gegeben. Christian Matzke bedankte sich für das nützliche Gespräch. »Ich werde nun in den Stadtwald gehen und mir den Ort der Feier selbst ansehen. Unsere Männer suchen das Gelände bereits weiträumig ab. Der Ort ist vollständig abgesperrt. Ich fürchte allerdings, der Dauerregen hat die meisten Spuren verwischt. Wir werden trotzdem alles gründlich absuchen.«

Ein Gedanke schoss ihm durch den Kopf, und er äußerte noch eine Bitte: »Hätten Sie vielleicht ein von Ihrer Tochter getragenes Kleidungsstück für mich? Möglicherweise gelingt es einem unserer Suchhunde, Claudias Weg zu erkennen und zu verfolgen. Sie sehen, wir wollen nichts unversucht lassen.« Margot Faller antwortete unverhofft spontan: »Fahren Sie doch kurz mit zu unserem Haus. Ich springe schnell hoch ins Tochterzimmer und hole etwas Passendes.« Gesagt, getan, Sie kam mit einem T-Shirt und einer Hose zurück. Beide Teile wanderten in eine Plastiktüte, und dann machte sich der Kommissar endgültig auf den Weg in den Stadtwald.

Als er den Ort der Feier erreichte, gingen ihm die Augen über. Die jungen Leute hatten sich nicht sehr umweltfreundlich verhalten. Es lagen leergegessene Styroporbehälter mit Resten von Döner-Kebab und Krautsalat herum. Warum hat nur Kadir Nurman in Berlin als Erster Fleisch in ein

Fladenbrot gesteckt und den Döner erfunden?, fragte sich der Kommissar angeekelt. Über die Erfindung hatte er gerade gelesen. Bierdosen und Plastikgabeln waren achtlos weggeworfen worden. Es sah fast so aus, als hätte man sich mit den Dosen beworfen. Zigarettenkippen und weiterer Müll boten wenigstens ein Paradies für Spuren. Die Spurenfinder arbeiteten in Schutzkleidung mit Latexhandschuhen. Ihr Ziel war es, über die Spuren Belege zu finden, dass die von den Zeugen benannten Teilnehmer an der Party wirklich teilgenommen hatten. Sie konnten Täter oder Zeugen sein. Dafür brauchten sie gerichtsbeständige Beweise, natürlich auch als Grundlage für ihre weiteren Ermittlungen.

Für ein großflächiges Absuchen des Geländes war nicht nur die örtliche Polizei mit einer Hundertschaft zusammengezogen worden, man hatte auch das Rote Kreuz, das THW und die Feuerwehr mit eingebunden. Die verfügten erfahrungsgemäß über große Ortskenntnis. Der Leiter der Spurensicherung erklärte dem Kommissar: »Wir haben auch den kleinen Teich dahinten durch Taucher absuchen lassen. Das war ohne Befund. Spuren fanden wir überall genug, aber bisher keine Indizien, die direkt auf Fräulein Claudia Faller hinwiesen. Die Trittsiegel aller Fußspuren haben wir verfüllt und gesichert. Alle lose liegenden Gegenstände werden nun nach und nach vereinnahmt und registriert.«
Kommissar Matzke lobte die Maßnahmen und übergab dem Leiter des Suchtrupps die Plastiktüte mit Claudias Kleidungsstücken.

Ein Beamter mit seinem Spürhund wurde herbeigerufen. Mit dem T-Shirt von zu Hause wurde die geschulte Hündin Reni auf Claudias Spur gesetzt. Die rannte zunächst nur aufgeregt im Kreis herum und schien nichts Rechtes zu finden. Doch plötzlich zog sie eindeutig in eine Richtung. Die Nase knapp über dem Boden, lief sie den Düften folgend los – über einen freien Platz, durch ein kleines Wäldchen weiter auf einen Waldweg.
»Jetzt läuft sie Richtung Haltestelle«, rief der Beamte triumphierend. Immer wieder traf das kluge Tier auf Wegstrecken, auf denen die Spuren anscheinend verwischt waren, und stockte.

Da Herr und Hündin jedoch auf einem Waldweg liefen, zog sie der Hundeführer über die Lücken hinweg und wurde in seinem Tun bestätigt. Immer wieder fand Reni eine Fortsetzung der Spur. Kurz vor der Friedrich-Schmidt-Straße verließ sie jedoch den Waldweg und schlug sich seitwärts in die Büsche. Sie stoppte erst vor einem verschmutzten weißen Turnschuh, der dort im Unterholz lag. Wenn sich herausstellen sollte, dass der zu Claudia Faller gehörte, hatten sie nicht nur den Beleg, dass Claudia diesen Weg gegangen war, sondern auch ein Indiz, dass hier etwas mit ihr geschehen war. Nun konnten nicht nur gute Beziehungen zur Staatsanwaltschaft der Grund für eine ausgedehnte Vermissten-Fahndung nach Claudia Faller sein. Ihr derzeitiger Aufenthaltsort war unbekannt, und eine Gefahr für Leib und Leben musste angenommen werden.

Vom Fundort des Schuhs aus nahm die Hundedame noch die kurze Strecke bis zur Straße auf, doch da verlor sie die Spur endgültig. Der Führer versuchte noch einmal Lücken zu überbrücken und lief mit ihr bis zur Haltestelle, aber die Hündin fand keine Spur mehr. Der Beamte mutmaßte deshalb zu Recht, dass Claudia am Rande der Friedrich-Schmidt-Straße in ein Auto gestiegen war. Der verlorene Schuh ließ befürchten, dass die junge Frau sogar zum Einsteigen gezwungen wurde. Man konnte nun wirklich von einer Entführung ausgehen.

Diese Polizeiaktion war, anders als der nächtliche Heimweg von Claudia, nicht abgelaufen, ohne dass das Interesse von Passanten geweckt wurde. Einige von ihnen hatten sogar den Fundort des Schuhs gesehen und den Schuh selbst. Gerüchte und Mutmaßungen machten die Runde wie ein Lauffeuer.

Wegen der Vorwürfe von Claudias Eltern kam der Kommissar nicht darum herum, Timo Meyer zu verhören. Bevor er Meyer einbestellte, strukturierte er das geplante Verhör. Die Täterentscheidung, die für Meyer zu Beginn gestanden haben musste, konnte seines Erachtens nur aufgrund von Rachegefühlen getroffen worden sein.

Der Kommissar erarbeitete für sich rasch ein chronologisches, plausibles Täterverhalten: Meyer musste Claudia Faller am Tattag beobachtet und ihr Ziel herausgefunden haben. Vielleicht würde sich unter den vielen Spuren, die im Moment gesichtet und danach sicher eingetütet wurden, auch eine von Timo Meyer finden. Das wäre natürlich das Optimum.

Gedanken über die Tatdurchführung waren ihm zurzeit noch nicht möglich. Claudias Spur hatte sich an der Friedrich-Schmidt-Straße in Luft aufgelöst. Was dort geschah, war immer noch Spekulation. Unter der Annahme, dass Meyer wirklich der Täter war, konnte der Kommissar beim Verhör vielleicht wenigstens Teile der Täterpersönlichkeit sichtbar machen.

Er fühlte sich recht firm darin, Menschen zu beurteilen. Er war allerdings mehr der »Lupentyp«, er brauchte viele Detailinformationen, um sich von seinem Gegenüber ein Bild machen zu können.

Seine Sekretärin hatte inzwischen Timo Meyers Arbeitsplatz ausfindig gemacht, ihn telefonisch sprechen können und für den Abend 17:30 Uhr einbestellt. Nun hieß es warten.

Timo Meyer kam pünktlich. Er war höflich und gar nicht nervös, eher neugierig. Er machte auf den Kommissar einen ordentlichen Eindruck. »Herr Meyer, ist Ihnen bekannt, dass Fräulein Claudia Faller verschwunden ist?« Timo Meyer blieb ruhig und sah ihn mit offenem Visier an und antwortete: »Nein, sie hat mir vor Kurzem den Laufpass gegeben, danach habe ich sie weder gesehen noch gehört. Aber was ist mit Claudia?« Christian Matzke schilderte Meyer die Geschehnisse und registrierte zufrieden, dass sich auf seiner Stirn waagerechte Falten bildeten, ein Zeichen für echte Betroffenheit.

Nun fragte er ihn: »Was haben Sie gestern Abend gemacht?« Die Antwort kam, wie aus der Pistole geschossen: »Ich war in meiner Bude zu Hause und bin früh zu Bett gegangen. Nach dem Krach mit Claudia musste ich erst mal von allem um mich herum Abstand gewinnen. Ansonsten bin ich am Wochenende eigentlich immer unterwegs.« »Glauben Sie, Claudia hat Sie wegen eines neuen Freundes verlassen?« Timo Meyer suchte vollen Gesichtskontakt und antwortete mit leichtem Zögern: »Mir hat sie nichts dazu gesagt. Also muss ich spekulieren. Ich kann Ihnen lediglich sagen, dass sie eine sehr körperbestimmte Frau ist. Das hat mich so an ihr gereizt. Ich glaube, sie braucht immer jemanden.« Die Aussagen gaben Meyer zwar kein Alibi, aber sie klangen in den Ohren des Kommissars äußerst plausibel und enthielten keine erkennbaren Falschaussagen.

Der Kommissar kannte durchaus Gesten, mit denen er einen Verdächtigen als Lügner festmachte und hatte eine gute Beobachtungsgabe. Als junger Mann hatte er schon ähnliche Erfahrungen bei seinem Lieblingsspiel Schere-Stein-Papier gewonnen. Schnell hatte er erkannt, dass das Spiel im Kopf gewonnen wurde. Ein Gegner, der aggressiv auftrat, wählte meist den Stein. Knobelte er mit lockerer Hand, zeigte er die Körpersprache für Papier. Männer begannen, statistisch gesehen, am häufigsten mit Stein. Frauen starteten hingegen am liebsten mit Schere. Wurde die Entscheidung mit Erfolg gekrönt, wurde sie für das nächste Mal kaum gewechselt. Verlierer neigten hingegen zum Wechsel.

Er wollte seinem Hirn vergleichbare Erkenntnisse beim Verhör als Entscheidungshilfen bieten.

Darum las er die Körpersprache seines Gegenübers und bewertete sie:

Timo Meyer hatte weder nervös über seine Lippen und Zähne geleckt noch sich beim Sprechen ans Ohr gefasst.

Er hatte ihm sein ganzes Gesicht zugewandt und auch nicht den Mund beim Sprechen mit der Hand bedeckt.

Seine Aussage und Mimik passten zueinander.

Der junge Mann erschien ihm eine ehrliche Haut zu sein. Seine Ausführungen waren klar und glaubhaft gewesen.

Christian Matzke beschloss, die Untersuchung damit in seine Richtung vorerst ergebnisoffen zu beenden und nur wieder aufzunehmen, wenn sich aus der Auswertung der Spuren dafür Gründe ergäben.

Mit dieser Auswertung schob er noch einen großen Berg Arbeit vor sich her. Sein Ausbilder hatte für diese kriminalistische Aufgabe gern ein koreanisches Sprichwort herangezogen: »Sammle Staub, um einen Berg zu errichten!« Nur ein großer Berg Spuren erhöhte die Wahrscheinlichkeit, etwas Brauchbares darin zu finden.

Er musste schmunzeln und entließ Timo Meyer in seinen wohlverdienten Feierabend.

Der Kommissar wollte sein Tagwerk für heute noch nicht beenden. Er beschloss, sein kriminalistisches Denken für den Fall noch einmal theoretisch zu strapazieren, um möglichst viele Facetten abzuklopfen.

In der Theorie nannte man ein Verbrechen das Produkt aus der Eigenart des Verbrechers im Augenblick der Tat und aus dem ihn zu diesem Zeitpunkt umgebenen äußeren Verhältnissen. Christian Matzke dachte über die These nach und kam zu dem Schluss, dass sie ihn momentan nicht weiterbringen konnte. Er hatte für diese Gleichung zu viele Unbekannte. Er wusste nicht, welches Verbrechen wirklich stattgefunden hatte, kannte nicht einmal den Zeitpunkt der Tat und auch nicht die den Täter umgebenen äußeren Verhältnisse. Für den Täter selbst hatte er nicht einmal einen Anfangsverdacht. Welche Systeme miteinander in Beziehung gekommen waren, ließ sich auch nicht beantworten. War die Beziehung zum Zeitpunkt und am Ort der Feier zustande gekommen? Trat sie erst hinterher zu einem Zeitpunkt ein, an dem sich nur Täter und Opfer gegenüberstanden?

Jeden Täter kennzeichneten mehrere Eigenarten. Welche davon war während der Tat dominant und beeinflusste die Tat? Zu jedem Tatzeitpunkt traf auf den Täter eine riesige Zahl von Informationen, die eine oder auch mehrere seiner Eigenschaften stimulierten, wusste der Kommissar. Von ihnen nahm der Täter für seine Entscheidungsfindung nur den kleinsten Anteil wahr von dem, der erfahrbar war. Diesen Anteil vermischte er dann auch noch mit bereits gespeicherten Informationen. Die Erkenntnis darüber, was die konkrete Ursache für das Verbrechen wurde, war so kaum zu erkennen. Das menschliche Verhalten war einfach nicht sicher vorhersehbar.

Der Kommissar verzweifelte ein weiteres Mal an dem Versuch, diszipliniert einen theoretischen Überbau auszufüllen. Wenn das viele Für und Wider nicht aufhört, bohre ich mir ein Loch ins Knie und schmiere Marmelade rein, dachte er voll Frust.

Die Erstauswertung der aufgenommenen Spuren brachte kein zielbringendes Ergebnis. Sie konnten 40 Personen zugeordnet werden. Nach den Zeugenaussagen waren allerdings nur 35 Personen bei der Feier anwesend gewesen. Keine der 40 Personen war in polizeilichen Registern enthalten. Keine der Spuren gehörte zu Timo Meyer. Von den 35 bekannten Teilnehmern an der Feier mussten nun Fingerabdrücke genommen werden. Sie wurden danach mit den vorgefundenen 40 Spuren abgeglichen. Alle 35 Teilnehmer der Feier waren vorhanden, hatten allerdings keine frühere kriminaltechnische Erfassung hinter sich. Die restlichen fünf Spuren konnten demnach nur vor der Feier, während der Feier oder auch nach ihr von Fremden sein, die das Gebiet berührt hatten. Denkbar war, dass sich unter denen, wie unter den Besuchern der Feier, auch der Täter befand. Von allen Zigarettenkippen war die Zigarettenmarke festgestellt und aufgelistet worden. Alle Trittsiegel waren für spätere Vergleiche archiviert. Ein Streichholzheftchen stammte von einer Kölner Disco. Die Tätersuche nahm Formen an wie die Suche nach einer Nähnadel im Heuhaufen. Die Ausgangslage war frustrierend.

Es verblieb noch die Aufgabe, das Spurenmaterial sorgfältig zu protokollieren und in der Asservatenkammer zu verwahren, in der Hoffnung, dass es irgendwann noch einmal hilfreich würde. Die weitere Tätigkeit der kleinen Mordkommission ging vorerst gegen null. Es gab keinen Verdächtigen, und es fehlte jede Idee, wo die vermisste Claudia Faller sich aufhalten könnte. Es sah ganz so aus, als müsse Kommissar Zufall hilfreich mitspielen, um endlich voranzukommen.

## Die Eltern drängen auf schnelle Ermittlungsergebnisse

Hans Faller war entrüstet, dass sein Anstoß, nach Claudia zu fahnden, anscheinend so klanglos im Sande verlief. Als erfolgreicher Versicherungsmakler war er nicht gewohnt, dass man so wenig auf seine Erwartungen einging. Er trat gegenüber der Polizei bei seinen fast täglichen Anrufen bestimmt und fordernd auf. »Ich erwarte von Ihnen jede Anstrengung, meine Tochter zu finden.«

Er verwahrte sich vehement gegen die Mutmaßung, seine Tochter könne einfach von zu Hause fortgelaufen sein. Zuletzt hatte er ins Telefon gebrüllt: »Na also, dafür hat sie sich dann wohl einen Schuh ausgezogen und ins Gebüsch geschmissen.«

Seine Frau stachelte ihn in seinen Bemühungen noch an. Sie wollte das ungeklärte Schicksal von Claudia erst recht nicht hinnehmen und war sich sicher, dass die Klärung des Verbleibs ihres einzigen Kindes noch viel schwieriger würde, wenn man nicht alsbald zu einem Ergebnis kam. Die Wahrscheinlichkeit wurde nach ihrer Befürchtung immer geringer, die Tochter noch einmal lebend zu sehen. Es existierte in ihr jetzt schon nur noch ein Fünkchen Hoffnung. Das Hoffen und Bangen um Claudia machte sie krank.

Letztlich konnte Hans Faller die Staatsanwaltschaft bewegen, eine vorläufige Pressemeldung freizugeben. Man berichtete mit nüchternen Worten, Claudia habe an einer Feier mit Freunden im Stadtwald teilgenommen. Von dort sei sie früher als die meisten Gäste wieder fortgegangen, und zwar allein. Ein Polizeihund habe ihren Weg Richtung Straßenbahnstation aufgespürt. Die Spur endete am Rand der Friedrich-Schmidt-Straße. Im Buschwerk davor wurde ein Schuh der Vermissten entdeckt. Zu folgenden Fragen bittet die Polizei um sachdienliche Hinweise aus der Bevölkerung:

Ist Claudia Faller in einen fremden Wagen gestiegen?

Ist sie freiwillig mit jemand mitgegangen?

Ist sie bis zur Haltestelle gekommen und wurde dort von jemandem gesehen?

Stieg sie vielleicht sogar in eine Straßenbahn?

Eine Telefonnummer für entsprechende Informationen war in fetter Schrift angefügt.

Hans Faller erörterte den Artikel mit seinem Bekannten bei der Staatsanwaltschaft. Der verfügte über die Einschätzung eines erfahrenen Ermittlers. Der Fund des Schuhs war nicht kommentiert, nur nüchtern erwähnt worden.

Man musste nach dieser Meldung trotzdem von einer Straftat ausgehen. Da sie nach vorliegenden Belegen nicht beweisbar war, wurde das nur vage angedeutet.

Hans Faller war verzweifelt. Er machte den fatalen Fehler, seine Frau über das Gespräch zu informieren. Bei ihr hatte das noch viel schlimmere Auswirkungen. Sie hatte danach nachts Albträume. Für sie stand fest, ihrer Tochter war etwas Schreckliches passiert. Sie weinte und sprach davon, sie habe ihre Tochter im Traum gefesselt und geknebelt in der Kofferkammer eines Wagens gesehen. Sie warf sich weinend in die Arme ihres Mannes und war untröstlich.

Eine Woche verstrich, ohne dass eine brauchbare Meldung einging. Die Polizei zeigte auch keine Absicht, nochmals in gleicher Weise nachzuhaken. Da verhielt sich Silvia Schenke von der Lokalredaktion des Stadtanzeigers ganz anders. Sie war bemüht, den Fall am Kochen zu halten. Es war nicht nur das Zeilengeld, was sie dazu trieb, sondern auch der feste Wille, mitzuhelfen, Claudia zu finden und den Täter zu bestrafen. Sie sprach bei Margot Faller vor, um mit ihr über Claudia zu sprechen. Sie hatte sich in den Kopf gesetzt, mit kleinen Geschichten aus diesem jungen

Leben das Interesse an Claudia aufrechtzuerhalten. Nachdem sie das Margot Faller erklärt hatte, war die sofort bereit, dabei mitzuhelfen. Alle Tage erschien eine kurze, berührende Episode aus Claudias Leben. Bald kannte sie die Leserschaft nur noch unter dem liebevollen Namen Schneewittchen. Das Bild, das Margot Faller für den Artikel zur Verfügung gestellt hatte, untermalte diesen Namen vortrefflich. Für die Verwendung des Bildes wurden die üblichen Bestimmungen eingehalten. Es wurde im Beitext ausdrücklich betont, das Bild dürfe nur zur Öffentlichkeitsfahndung genutzt werden. Die Medien wurden gebeten, es nicht mehr zu verwenden und aus ihren Dateien zu löschen, wenn die Fahndung abgeschlossen war. Die Wahrung der Persönlichkeitsrechte war eine eherne Regel für guten Journalismus.

Herrn Faller hatte die Journalistin dann erfolgreich vorgeschlagen, kostenlos eine eigene Vermisstenanzeige in der Zeitung zu platzieren und eine Belohnung für eine erfolgversprechende Information auszuloben. Hans Faller war sofort dabei und versprach 15.000 Mark. Den Wortlaut der Anfrage konzipierten sie dann gemeinsam:

*Die 18-jährige Claudia F ist zu einer Party des Abiturjahrgangs in den Kölner Stadtwald gegangen und davon nicht mehr nach Hause zurückgekehrt. Seitdem fehlt von ihr jede Spur. Trotz intensiver Fahndungsarbeit gibt es keine Anhaltspunkte, wo sie sich aufhalten könnte. Die Kölner Polizei ermittelt immer noch in alle Richtungen. Beachten Sie bitte das Bild der vermissten jungen Frau. Für die erfolgreiche Mithilfe bei der Suche nach der Vermissten hat der Vater einen Betrag von 15.000 Mark ausgelobt.*

*Für Claudia F ergeht folgende Personenbeschreibung:*
*170 Zentimeter groß und schlank,*
*lange pechschwarze Haare, glatt mit kleinen eingeflochtenen Zöpfchen, große dunkelbraune Augen, keine Brillenträgerin.*

*Sie trug am Abend ihres Verschwindens eine weiße Rüschenbluse unter einem roten Pullover, eine dunkelrote Samtjeans, weiße Strümpfe und weiße Sportschuhe.*

*Sie hatte eine dunkelblaue Regenjacke bei sich.*

Timo Meyer kam noch einmal kurzzeitig in den Fokus. Seine

Zuneigung zu Claudia war nicht erloschen, durch ihr Verschwinden
eher sogar verstärkt worden. Der Fund ihres Schuhs und ihr immer noch
währendes Fortbleiben schürten in ihm Ängste und Mitleid. Das wollte
Meyer zum Ausdruck bringen. Nach Dienstschluss fuhr er mit seinem
Motorrad zur Fundstelle des einzelnen Schuhs. Er verharrte dort einige
Momente in tiefer Rührung und legte einen Strauß roter Rosen ab. Ein
Passant hatte sein Tun beobachtet und sich sogar die Nummer seines
Motorrads notiert. Er wendete sich an die örtliche Polizeidienststelle.
Das Kraftrad wurde schnell Timo Meyer zugeordnet. Die Informationen
gingen an den Kommissar. Christian Matzke überlegte nur kurz, den
jungen Mann nochmals einzubestellen. Aber dann verwarf er die Idee.
Das Verhalten von Meyer zeigte ihm nur, dass der immer noch Zuneigung
zu Claudia Faller verspürte. Der Fundort des Schuhs war in den Medien
bekannt gegeben worden. Ihn zu kennen, offenbarte kein Täterwissen.
Der Kommissar wollte sich nicht mit unsinnigen Recherchen belasten.
Da seine Entscheidung nicht öffentlich gemacht wurde, blieben ihm auch
weitere Vorwürfe einer Untätigkeit durch die Eltern von Claudia erspart.

Auf das Versprechen einer Belohnung für den Erfolg aufgrund sachdien-
licher Hinweise gingen drei Anrufe ein. Sie erreichten alle die Polizeidienststelle, nicht die Redaktion. Vielleicht wollten die Anrufer nicht in
die Fänge der Medien kommen.

Der erste Versuch war besonders plump. Der Anrufer verlangte Vor-
kasse und wollte die Information erst nach Erhalt in einem Postfach hin-
terlegen. Als man ihm erklärte, dass das Geld nur fließen könne, wenn
die Information als positiv bewertet wurde, legte er einfach auf. Er war

wohl nur ein Trittbrettfahrer, dem es Spaß bereitete, den armen Fallers Hoffnung zu machen.

Der zweite Anrufer war der, der Timo Meyer am Fundort des Schuhs gesehen hatte und dies meldete. Er fragte nun höflich an, ob er nicht Anspruch auf eine Belohnung habe. Er blieb höflich bis zum Schluss, als ihm erklärt wurde, dass die von ihm gemeldete Person nicht der Täter sein konnte.

Ein dritter Mann wollte einen Kerl mit Claudia in einer Disco gesehen haben. Er vermutete in diesem Mann den Täter. Nach einer Nachforschung dort mit dem Bild von Claudia zeigte sich auch diese Information als nicht werthaltig. Die Gäste wurden in der Disco alle registriert. Claudia war nicht darunter. »Ein so hübsches Mädchen wäre uns außerdem auch erinnerlich.« Diese Aussage beendete auch diesen Kontakt. Einen Tag später erreichte die Polizeidienststelle noch ein weiterer Anruf. Er brachte wenigstens eine etwas bedeutsame Bestätigung. Ein Student der Betriebswirtschaft konnte bezeugen, dass er mit Claudia Faller an der Bahnhaltestelle Alter Militärring ausgestiegen war. Die Zeit konnte er nur vage angeben, aber sie passte in die bisherigen Erkenntnisse. Claudia war in diesem Zeitfenster im Stadtwald angekommen.

# Die Suche nach vergleichbaren Fällen

Es ist ein Albtraum für alle Eltern, wenn das eigene Kind spurlos verschwindet. Dies dauert so lange an, bis das Schicksal des vermissten Kindes geklärt ist. Auch die Eltern von Claudia litten unter der Ungewissheit. Bei beiden trat eine erhebliche Wesensveränderung ein. Mutter Margot begann zu trinken und führte seltsame Zwiegespräche mit ihrer Tochter. Sie rief sich dafür deren Stimme wach. Über die verrückten Geschichten, die sie dann erzählte, konnte Hans Faller nur den Kopf schütteln. Er selbst verbohrte sich in die Nachforschungen nach Claudia. Er ließ das Geschäft schleifen und suchte immer neue Ansatzpunkte für die Fahndung. Für den Moment beschäftigte er sich mit der Überprüfung anderer Fälle, erst für die Region NRW, dann für das gesamte Bundesgebiet. Er hoffte dabei nützliche Hinweise auf das Vorgehen im Fall Claudia zu gewinnen. Ein Erfolg blieb aus, doch er gab nicht auf.

Der besorgte Vater holte sich Inspirationen bei Fernsehsendungen wie »Aktenzeichen XY«. Er ließ keine Folge davon aus und hoffte, in den dort besprochenen Fällen Ansatzpunkte für die Ermittlungen für Claudia zu finden. Doch manchmal hatte ihn sein Grübeln über den Tag so erschöpft, dass er vor dem Bildschirm einschlief und Teile der Sendung verpasste. Wenn er aufwachte, war er wütend, wenn die Börsennachrichten bereits liefen. Die hatte er früher herbeigesehnt. Heute interessierten sie ihn gar nicht mehr. Missgestimmt blieb er dann im Dunkeln sitzen und fühlte sich wie in einem Grab. Fühlte sich so auch sein geliebtes Schneewittchen?

Als er endlich Richtung Schlafzimmer ging und am Esstisch vorbeikam, sah er, dass Margot das zubereitete Essen nicht angerührt hatte. Eine leere

Weinflasche und eine halbvolle standen hingegen herum und bezeugten, dass Margot wieder mal flüssige Nahrung vorgezogen hatte. Hans Faller schüttelte sich, nahm den kleinen Topf mit dem Ragout mit in die Küche und verstaute ihn im Kühlschrank.

Im Bett lag er noch stundenlang wach und quälte sich mit düsteren Gedanken. Er schlief inzwischen auf der Couch in seinem Arbeitszimmer. Der abgestandene Alkoholgeruch, den Margot in ihrem gemeinsamen Schlafzimmer ausströmte, war nicht auszuhalten. Schon der Gedanke daran löste Brechreiz in ihm aus. Ohne sein geliebtes Schneewittchen konnte sein Leben nicht einfach weitergehen, schlafen, arbeiten, schlafen, arbeiten. …

Er würde alle Zeit nutzen, sie zu finden oder wenigstens ihr Schicksal in Erfahrung zu bringen. Der Versicherungsmakler wurde täglich depressiver.

Dann stieß er endlich auf eine drei Jahre alte Straftat, die auch als Cold Case behandelt wurde und viele Ähnlichkeiten zum Fall Schneewittchen aufwies:

In Düsseldorf war 1972 in einer Aprilnacht ein 19-jähriges Mädchen verschwunden. Es war bis zum heutigen Tag nicht wieder aufgetaucht. Ein Freund hatte sie zuletzt in der Altstadt gesehen. Die Polizei hatte keine Vorstellung, was mit der jungen Frau geschehen war. Für den schlimmsten Fall ging sie von einem Tötungsdelikt aus. Auch hier waren die Eltern die treibenden Kräfte, die den Abbruch der Fahndung nach der Tochter nicht zuließen. Sie hatten eine Sammlung über alle Zeitungsveröffentlichungen angelegt, sich mit Petitionen an die Politik gewandt und mit ihrem Auftreten in Fernsehsendungen auf das Schicksal der Tochter aufmerksam gemacht. Eine Sondersendung von »Aktenzeichen XY« stand kurz bevor. In sie setzten die beiden große Hoffnung.

Das extravagante Mädchen hatte ein auffälliges Amulett und einen Nasenring, ein kleines Tattoo auf der linken Halsseite, eine Meeresnixe, und trug, als sie verschwand, eine auffällige rote Lederhose, eine rote Lederjacke und hohe Schaftstiefel.

Die Eltern mochten nicht glauben, dass ihre Tochter niemandem aufgefallen war. Bei den bisherigen Ermittlungen war nur auf den engsten Verwandten- und Bekanntenkreis, ca. 40 Personen, abgestellt worden. Akribisch hatten sie den Kreis von Kontaktpersonen zwischenzeitlich auf 85 Personen erhöht und der Polizei zur Untersuchung anempfohlen. Bei der zusätzlichen Zahl der Personen handelte es sich überwiegend um Gäste der drei Lieblingstanzlokale der Tochter.

Die hatte sich im Übrigen an einer Straßenbahnhaltestelle von ihrem Freund getrennt, dessen Bahn früher vorfuhr als ihre.

Die Eltern warfen den Behörden vor, wegen unzureichender Befragung nun nicht in der Lage zu sein, sich festzulegen, ob das Mädchen ihre Bahn wirklich nutzte und wo sie dann ausgestiegen war. Dass sie die Station stattdessen wieder verließ, war nach wie vor eine weitere Option.

Die Eltern hatten ihre kompletten Handakten zur Verfügung gestellt und drängten auf Wiederaufnahme der Untersuchung. In der Zwischenzeit hatten sie zwei anonyme Schreiben erreicht, unfrankiert, wahrscheinlich per Hand in den Briefkasten geworfen. In beiden wurde geprahlt, zu wissen, wo sich das Opfer aufhalte. Daraus schlossen sie voller Optimismus, dass ihre Tochter noch am Leben war.


Ein weiteres Schicksal, ein Jahr früher in Aachen, ließ Hans Faller darüber spekulieren, dass seine Tochter einem Serientäter in die Hände gefallen war.

Dieses Mal handelte es sich um eine 19-jährige Angestellte. Die zarte, blonde junge Frau war auf einem Fahrrad zu einer Party gefahren. Sie hatte ausgelassen gefeiert und war mitten in der Nacht allein mit dem Fahrrad aufgebrochen.

Sie kam nie zu Hause an, und auch ihr Fahrrad tauchte nicht wieder auf. Sie verschwand ohne Geld und ohne Papiere.

Die Polizei hatte ihren gesamten Heimweg abgesucht. Ein Personenspürhund nahm ihre Witterung zwar auf, konnte sie aber nur kurz halten, dann hatte er die Frau wieder verloren. Kleine Suchplakate nach ihr waren überall aufgehängt worden. Die Suchaktion wurde auch in der

Stadtzeitschrift durchgeführt, aber diese Versuche brachten keine belastbaren Ergebnisse. Nach zwei Fahndungsaufrufen über eine TV-Sendung gingen zwar knapp 100 Hinweise ein, eine entscheidende Spur zur Lösung des Falles war allerdings nicht dabei. Zwei anonyme Briefe gingen in der Folgezeit auch hier bei der Kripo ein. Darin stand der Hinweis, die Leiche der Frau sei im Keller einer Villa abgelegt worden. Die genaue Adresse war angegeben. Eine Suchaktion wurde sofort eingeleitet, hatte aber keinen Erfolg. Man ließ danach, ebenfalls zur Entrüstung der Eltern, den Fall langsam einschlafen.

Die Ungewissheit über das Schicksal der Tochter hatte das Paar so gequält und mürbe gemacht, dass die Ehe kurz vor dem Ende stand. Bei diesem Verbrechen sah der Versicherungsmakler zum Fall seiner Tochter Claudia viele Gemeinsamkeiten. Sein Leben mit Margot brachte seine Kraft ebenfalls ans Limit und war für ihn kaum noch auszuhalten.

Immerhin konnte er nun mit einer neuen Theorie bei der Polizeidienststelle aufwarten. Es gab womöglich einen Serientäter, und er konnte immer wieder zuschlagen. Hier war also Gefahr in Verzug, man konnte die Ermittlungen nach Claudia nicht einfach ruhen lassen. Er machte sich mit seinen Rechercheergebnissen auf den Weg und verlangte, Kommissar Christian Matzke zu sprechen. Sein Empfang fiel ungnädig aus, doch er ließ sich nicht abwimmeln. Der Kommissar sah keinen Ausweg, er musste ihm zuhören. Der eifrige Redeschwall Fallers wollte gar nicht mehr aufhören. Der Kommissar unterbrach ihn: »Ich hätte noch ein paar Detailfragen an Sie.« Enttäuscht stoppte Faller seinen Bericht und schaute ihn abwartend an.

Während des folgenden Zwiegesprächs wurde Faller deutlich, dass er mit einer abschlägigen Antwort rechnen musste. Und die kam auch:

»Herr Faller, weder die Mordkommission noch der Staatsanwalt können in Kenntnis dieser beiden Fälle zwingend davon ausgehen, dass es einen Zusammenhang zum Fall von Claudia gibt. Sie haben für Ihre Nachforschungen einen großen Radius gewählt. Ein einziger Mörder für alle Fälle müsste eine erhebliche Reisetätigkeit leisten. Er müsste zum Beispiel

Vertreter sein, der über Land fährt. Die jungen Frauen sind nicht vom gleichen Typ. Das ist aber bei Opfern von Serienmorden meist gegeben. Bei dem zweiten Opfer ist auch sein Fahrrad verschwunden. Wenn dafür der Täter verantwortlich war, muss er einen Lieferwagen gefahren sein, damit er Opfer samt Fahrrad wirklich transportieren konnte. Dafür gibt es keinen Beleg. Gefahr in Verzug durch eine Wiederholungstat kann aus alledem nicht abgeleitet werden. Die Beweiskette ist nicht geschlossen. Es gibt keine ausreichend belastbaren Indizien. Es könnte jedes andere Szenario möglich sein. Wir könnten es zum Beispiel mit einem Nachahmungstäter zu tun haben, der zwar auch den Drang zum Töten hat, aber wenig kreativ ist, eine eigene Methode zu finden, die auch noch verspricht, nicht entdeckt zu werden.

Im Übrigen wird es Dutzende Morde geben, die man unseren Mördern unterschieben könnte. Aber es gibt keine Beweise. Wenn Spuren doch reden könnten.«

»Ich rede nicht von Dutzenden, sondern von zwei weiteren, und da scheint es mir sinnvoll, nach Beweisen zu suchen.«

»Sie haben doch meine Argumente gehört. Wenn wir den Fall ohne hinreichenden Anfangsverdacht so aufbauschen und scheitern, dann fällt nur die gesamte Öffentlichkeit über uns her, und ihr Leid und das Ihrer Frau wird nicht kleiner. Kommen Sie bitte nur mit etwas Verwertbarem wieder. Stören sie nicht unnötig unsere Ermittlungen.«

Die Ausführungen des Beamten machten Hans Faller fuchsteufelswild. Sie wimmelten vor Standarderklärungen und Beruhigungspillen. Wütend stieß er hervor: »Jetzt müssen Sie nur noch sagen: ,Lassen Sie sie ruhen. Die Vergangenheit heißt Vergangenheit, weil sie vergangen ist.‘«

»Das werden Sie nicht von mir zu hören bekommen. Ich mache aber auch nicht einen auf mea culpa", meinte der Kommissar mit einem kleinen Grinsen. »Wir sind an dem Fall noch dran. Und ich hasse seinetwegen meinen Beruf. Wenn ich an ihm dranbleibe, bin ich auch zu Hause nicht zu Hause. Das hält die beste Ehe auf Dauer nicht aus.«

Seine Ausführungen bescherten ihm eine giftige Antwort:

»Ja, unter Druck hat man zwei Möglichkeiten: Man wächst über sich hinaus oder man scheitert an sich selbst. Ich befürchte zu meinem Leidwesen, Sie stehen vor der zweiten Möglichkeit.« Dann schob er noch einen weiteren Vorschlag zur Güte nach: »Könnten Sie nicht einmal eine Beamtin aus Ihren Reihen als Lockvogel auf die Straße bringen?« Darauf konnte Christian Matzke nur mit dem Kopf schütteln. »Sie lesen zu viele Krimis«, erwiderte er und verabschiedete sich. »Das Glück ist mit die Doofen! Sie wollen scheint's darauf warten«, erwiderte Faller resigniert, aber wütend. Alles war in seinen Augen nichtssagend geblieben. Nichts stärkte seine Hoffnung, man würde seine Tochter heil wiederfinden. Dafür musste er schon selbst etwas unternehmen. Und zwar schnell. Die Zeit lief gegen ihn. …

# Ein schrecklicher Fund

Edgar Schneider stand auf seiner Terrasse und betrachtete sorgenvoll den Himmel. Die Wetterfrösche sollten mit ihrer Prognose heute wieder mal recht haben. Von Westen zogen Regenwolken herauf. Wie immer aus Holland und Belgien, dachte er brummig. Er beschloss, mit seinem Rauhaardackel Strolch früher Gassi zu gehen als sonst. Strolch brauchte seine morgendliche Pinkeltour, und Schneider wollte vor dem ersten Guss eine Prise frische Luft schnappen. Schnell waren die beiden startklar. Strolch saß schon ungeduldig vor der geschlossenen Haustür und beäugte ihn vorwurfsvoll, weil er so lange für das Anziehen seiner Regenjacke brauchte. Vorsicht war besser als nasswerden.

Der Reißverschluss hatte sich in den Stoffrand verbissen und das Freiziehen ging nur mit Geduld und nicht mit Gewalt. Sie hatten nur eine kurze Straßenüberquerung bis in den Villewald. Edgar Schneider legte Strolch erst gar nicht an die Leine, denn der kannte den Weg auch so und wusste genau, wo er vorsichtig sein musste. Seine Leine blieb in Edgar Schneiders Faust.

Auf dem breiten Waldweg herrschte reger Betrieb.

Da haben wohl viele den gleichen Gedanken wie ich gehabt, dachte Edgar Schneider vergrätzt. Bei der nächstbesten Möglichkeit bog er in einen schmalen Nebenweg ein. Er mochte den Trubel nicht. Seine Laune verbesserte sich mit jedem Schritt in die Einsamkeit. Bald war er nur noch von dem Chor verschiedenster Vogelstimmen umgeben, ein Specht hämmerte mit seinem spitzen Schnabel in einen Stamm, die Luft war vom Duft des feuchten Walds geschwängert, und das Knirschen seiner Schuhe auf dem Sandboden gab den Takt vor. Plötzlich verharrte Strolch vor seinen Füßen, beschnüffelte aufgeregt den Erdboden, dann fiepte er kurz auf und verschwand mit einem Satz im Gebüsch. Schneiders Rufen hatte keinen Erfolg. Der Hund stürmte davon. Nachdem weder Rufen noch Pfeifen ihn wieder bei Fuß brachten, schlug sich auch Edgar verstimmt tiefer ins Unterholz, und zwar mit der festen Absicht, den Ausreißer zu finden und für seinen Ungehorsam zu bestrafen. Bevor er den Hund sah, stieg ihm ein unangenehmer Geruch in die Nase. Dann hörte er auch schon Strolchs aufgeregtes Jaulen. Er ging in Richtung dieses Geräuschs. Strolch kreiste mit der Nase tief am Boden um eine kleine lichte Stelle, auf der, wie Edgar Schneider bald erkennen konnte, irgendetwas Größeres lag. Das Ganze war ihm nicht geheuer. Aber er ahnte noch nicht, dass das Problem in Kürze ganz andere Dimensionen annehmen würde.

Er rief nach seinem Hund. Zu seiner Überraschung folgte der ihm nicht. Er blieb an der Stelle und verbellte etwas. Sein Herrchen dachte direkt an ein verletztes Tier. Zügig ging er zu Strolch hin, gespannt darauf, was er zu sehen bekommen sollte. Der unangenehme Geruch wurde stärker, je näher er dem Gegenstand kam. Strolch sprang um den herum und bellte aufgeregt weiter. Plötzlich stutzte Edgar Schneider. Was auf dem Waldboden lag, nahm für ihn immer mehr die Form eines menschlichen Körpers an. Ein Körper, der so schrecklich roch, konnte nur einer Leiche gehören. Er lag in einer flachen Vertiefung wie in einem Bett. Er musste Strolch unbedingt von der Stelle fortholen. Hier dürfen keine Spuren beseitigt werden, dachte er. Mit der Leine in der Hand ging er langsam auf Strolch zu und klinkte deren Haken ins Halsband ein. Dann zog er als Erstes das aufgeregte Tier fort und band es, etwas weiter entfernt, an einem dünnen Bäumchen fest. Nun konnte er ungehindert zurückgehen und den Fund begutachten.

Er stand wirklich vor einer Leiche. Sie war in fortgeschrittenem Verwesungsstadium, deshalb auch der Gestank. Sie gehörte zu einem zartgliedrigen Menschen, nach der Kleidung zu einer Frau. Sie war mit einigen Zweigen lose bedeckt. Die verweste Leiche war, bis auf ein wenig Tierfraß, vollständig erhalten. Er erschrak unter dem Verdacht, der ihn beschlich. Der verschmutzte rote Pullover, die ebenfalls verdreckte rote Samthose und der einzelne weiße Tennisschuh erinnerten ihn an die Fahndungsfotos und Opferbeschreibungen, die in den letzten Tagen durch die Printmedien und das Fernsehen gingen. Lag hier etwa die vermisste junge Frau, die Schneewittchen genannt wurde? Dieses Mädchen war nach seiner Erinnerung aus Frechen-Königsdorf. Alles schien zusammenzupassen. Vorsichtig betrachtete er den Fund. Lange schwarze Haare hingen über das Gesicht. Die gehörten auch zur Opferbeschreibung. Das Gesicht war entstellt, zeigte Schrunden, vielleicht sogar Tierbisse. Wie gut für ihn, dass er ihre weiße, fast durchsichtige Haut nicht gekannt hatte. Jetzt war sie fahl und verschmutzt. Der scharfe Geruch und der körperliche Gesamteindruck nahmen ihn sehr mit. Diesem menschlichen Wesen war etwas Furchtbares passiert, es sah sogar so aus, als habe ihm irgendjemand etwas Schreckliches angetan.

Für ihn bestand kein Zweifel mehr, er musste die Polizei anrufen. An der Aachener Straße auf einem Wanderparkplatz gab es ein Münztelefon. Dort eilte er nun hin. Er verharrte für einen Moment, um seinen Atem zu beruhigen und dachte konzentriert nach, was er sagen wollte. Er musste auf jeden Fall deutlich, vollständig und glaubwürdig sprechen. Als er seine Gedanken sortiert hatte, warf er Münzen ein und wählte 110. Ein Wachtmeister meldete sich mit sonorer Stimme. Edgar Schneider ging ganz ruhig auf dessen Frage »Was kann ich für Sie tun?« ein:
»Guten Tag, mein Name ist Edgar Schneider. Ich befinde mich mit meinem Hund am Ende von Frechen-Königsdorf im Villeforst. Wir sind im Unterholz auf einen verwesten, menschlichen Leichnam gestoßen. Nach meiner Einschätzung könnte er zu der vermissten Claudia Faller gehören. Ich bitte Sie, schnell herbeizukommen. Am besten fahren Sie auf der Aachener Straße aus Königsdorf heraus und parken auf dem ersten Wanderparkplatz. Von dort gehen Sie einen kleinen Weg senkrecht in den Wald hinein. Nach einigen 100 Metern erreichen Sie eine Lichtung, die Fundort, eventuell sogar Tatort ist. Ich werde dort auf Sie warten. Sie können auch nach mir rufen, ich werde reagieren. Bitte kommen Sie schnell. Ich rechne bald mit einem Sturzregen. Lassen Sie mich nicht unnötig lange hier draußen stehen.« Der Beamte war völlig überrascht von

dieser professionellen Meldung. So etwas Perfektes hatte er lange nicht
zu Ohren bekommen. Er antwortete kurz und zackig: »Jetzt schon vielen
Dank für die eindeutige Meldung. Wir machen uns sofort auf den Weg.
Halten Sie Ruhe und erwarten Sie uns. Rühren Sie bitte nichts an.«

Edgar Schneider war ein wenig stolz, wie gut er diese unangenehme Aufgabe gemeistert hatte. Als wollte er sich selbst loben, streichelte er Strolch
über das Fell. Er ging zügig auf dem Weg zu dem Fundort zurück, suchte
für sie beide Schutz unter einem größeren, dichten Baum, denn es fing an
zu regnen und auf die Lichtung schlugen dicke, nasse Tropfen. Nun hieß
es einfach warten. Auch dabei wollte er die Ruhe bewahren.

Die Meldung hatte den Wachtmeister so berührt, dass auch er nun bemüht war, die erforderliche Maschinerie schnellstens in Gang zu setzen.
Die Bereiche Mordkommission Schneewittchen, die Männer der Spurensicherung und der medizinische Dienst hatten sich binnen einer Viertel-
stunde auf den Weg gemacht.

Edgar Schneider wartete geduldig unter dem Schutz des schweren Baumes.
Er hörte die dicken Tropfen herunterprasseln, aber die dichten Tannen-
äste über ihm ließen nichts durch, noch nichts, registrierte er zufrieden.
    Die Zeit des Wartens wurde zurzeit zum Grübeln.
    Ein Gedanke rückte alsbald in den Vordergrund: Die Tote hat das
Schlimmste überstanden. Ihren Angehörigen stand das noch bevor.
    Schneider war froh, dass es nicht seine Aufgabe war, sie zu informie-
ren. Er war sich sicher, dass er Claudias Eltern schon mal gesehen hatte,
vielleicht auf der Tankstelle, vielleicht beim Bäcker oder auch einfach auf
der Straße, in der sie schließlich gemeinsam wohnten. Königsdorf war
ziemlich klein.
    Wer tut sowas? Diese Frage schlich sich mehrfach zwischen den Kanon
seiner Fragen. Plötzlich hörte er Sirenengeheul. Die Polizei, dein Freund
und Helfer, war im Anmarsch. Die haben sich wirklich gesputet, dachte
er voll Anerkennung.

Eine stattliche Fahrzeugkolonne bog mit Blaulicht auf den Parkplatz ein. Die Räder knirschten beim Bremsen im Kies. Aus dem grünen VW-Bus und mehreren Pkws stieg eine beachtliche Zahl von Beamten aus. Die gesamte Gruppe war mit Schutzanzügen, Überschuhen und Latexhandschuhen bekleidet. Sie sahen wie Marsmenschen aus. Christian Matzke betrachtete die vielen Reifenspuren vom Einparken, der Parkplatz wurde anscheinend reichlich frequentiert. Daraus ließ sich vielleicht schon die erste Erkenntnis gewinnen: »Einer von der Spurensuche bleibt zurück und füllt die Radprofile auf dem Platz aus und sichert sie. Messt bitte auch den Abstand der Räder aus, vielleicht können wir mit einem dieser Belege später mal den Täter festnageln«, ordnete Kommissar Matzke an.

Dann setzte er sich an die Spitze der Kolonne, die mit den Geräten bepackt auf den schmalen Waldweg bog. Sie hatten ihn nach der Beschreibung problemlos gefunden.

Er lief, wie vom Anrufer korrekt beschrieben, kerzengerade ins Gebüsch. Bald passierten sie einen kleinen Teich, der im Graben neben dem Weg durch den vielen Regen entstanden war. Oliver Runge von der Spurensuche meinte trocken: »Was für ein Glück, dass der Mörder sein Opfer nicht in einem Gewässer entsorgt hat. Dann wären inzwischen alle Spuren beseitigt.«

»So haben wir noch eine Chance«, munterte der Kommissar seine Leute auf. Ein Kollege von Runge sah sich bemüßigt, ein wenig zu dozieren: »Spuren für die Analyse werden wir genug vorfinden. Schon direkt, wenn das Leben aus dem Körper gewichen ist, wird der zum Festschmaus für andere. Bakterien, Fliegen, Insekten, später ihre Eier und Larven belagern ihn und tun sich gütlich.«

»Jawohl Herr Professor der Forensischen Entomologie«, spottete Runge über den unnützen Redebeitrag. Als müsste einer von ihnen noch belehrt werden. »Entomologie ist die Insektenkunde aus dem Griechischen abgeleitet, falls das einer nicht weiß. Wir sollten lieber ein lautes Hallo anstimmen, vielleicht können wir dadurch vom Anrufer erfahren, dass wir uns wirklich in die richtige Richtung bewegen.« Dazu waren alle gern bereit. Ihrem lauten gemeinsamen Ruf folgte schnell ein viel leiseres Echo des Anrufers und zeigte ihnen, dass sie auf Kurs lagen.

Das Gerede hörte schnell wieder auf, keiner wollte sich den Regen in den Mund tropfen lassen. In langer Linie stapften sie nun stumm vor sich hin.

Als Christian Matzke Herr und Hund brav unter einer großen Fichte stehen sah, war er voll des Lobes und rief das auch hinaus: »Bravo und Dank, dass Sie auf uns gewartet haben. Etwas weiter von der Fundstelle entfernt, wie ich mir denke, das ist perfekt. Sie haben unseren Spurensuchern ihre Arbeit ermöglicht.« Edgar Schneider lächelte ihm gequält entgegen.

»Wir müssen Sie noch etwas warten lassen«, fügte der Kommissar an. »Wir müssen eine kleine Spurenkonferenz voranstellen und regeln, welche Disziplin unserer Fachleute in der Reihenfolge drankommt. Haben Sie also bitte ein wenig Geduld.«

Er drehte sich zu seinen Leuten um und eröffnete die Diskussion: »Eines ist klar, den erweiterten Fundort oder gar Tatort werden wir nur in bescheidenem Umfang untersuchen, dafür aber dann besonders gründlich. Die Spurensucher bestimmen dafür bitte nach ihrer eigenen Erfahrung die Zahl der Leute. Sie sehen, das Gelände ist durch das dichte Buschwerk nahezu unzugänglich. Es gibt keine Gehwege. Hoffentlich finden sich trotzdem Schuhabdrücke oder an den Büschen Faserspuren. Spuren eines Kampfes werden wir wohl eher um den Ablageplatz finden, wenn überhaupt. Gibt es gegen diesen Vorschlag Einwände?« Die blieben aus. Also fuhr er fort: »Der engere Fundort oder sogar Tatort wird von der Spurensuche mit den üblichen Bändern gesichert. Dann arbeiten die Kollegen in gewohnter Reihenfolge. Unser Fotograf produziert bitte massenweise Fotos, auch einige aus der Totale. Diese Übersichtsaufnahmen möchte ich noch an Ort und Stelle kontrollieren. Nichts darf dir entgehen, lieber Otto Klein, das gilt natürlich auch für alle Spurensucher. Wie, schon gesagt, Spuren eines Kampfes, Blutspritzer, abgerissene Äste etc., alles muss festgehalten werden, denn hinterher wird der Ort ganz anders aussehen als vorgefunden. Wir müssen auch davon ausgehen, dass Fingerabdrücke auch an der Leiche nur noch schwach ausgeprägt sein werden. Bedampft sie schon hier mit Silber, damit sie auswertbar werden. Spart bitte nicht mit Luminol und bringt kleinste Bluttropfen zum Leuchten. Das Sichtbarmachen unsichtbarer Spuren ist mir besonders wichtig, denn wenn das hier nicht geschieht, ist die Chance dafür endgültig vergeben. Spielt dabei aber nicht den Helden, sondern zieht euch zusätzlich eine Maske an. Ihr wisst alle, dass das Zeug gesundheitsschädigend ist. Übrigens, kein Täter kann sich an einem Tatort aufhalten, ohne Spuren zu hinterlassen. Selbst die Beseitigung von Spuren erzeugt neue Spuren.«

Kommissar Matzke sah in die Runde und war zufrieden, dass sich niemand zu Wort meldete. Frau Dr. Marlies Möller wollte er besonders charmant ansprechen: »Von Ihnen, verehrte Frau Doktor, erwarte ich mir vieles. Das primäre Ziel Ihrer Leichenschau dürfte heute entfallen. Ich meine die Feststellung, ob der Tod wirklich eingetreten ist. Das ist bei dem Zustand des Leichnams wohl unzweifelhaft. Aber alles, was die Todesursache hier am Fundort festmachen kann, erhoffen wir uns von Ihnen zu erfahren. Die Kombination zwischen örtlichem Umfeld und Zustand beziehungsweise der Beeinträchtigung der Leiche durch das Umfeld kann auf dem Seziertisch nicht nachgestellt werden. Ich weiß, das sind für Sie Schulweisheiten, deshalb sollten wir nun zum Fundort der Leiche gehen. Die Ärztin nickte mit einem dankbaren Lächeln.

»Ich danke Ihnen alle für Ihre Aufmerksamkeit«, schloss der Kommissar seine Erläuterungen ab und machte sich auf den Weg zum Leichenfundort.

Die Ärztin, der Kommissar und der Fotograf näherten sich dem Fundort der Leiche. Sie trafen die ersten Feststellungen: Der Leichnam war in Schlafstellung abgelegt worden und sparsam mit Zweigen bedeckt. Der Körper wirkte ein bisschen aufgequollen, wie der eines Michelinmännchens.

»Ich denke mal, die Leiche liegt etwa eine Woche hier im Wald«, meinte die Medizinerin. »Wir sind inzwischen so weit, dass wir die Todeszeit in den ersten drei Wochen mit einer Genauigkeit von etwa zwei bis vier Tagen bestimmen können.«

Wie immer nahm sie die ersten Eingrenzungen der Todeszeit schon am Leichenfundort vor. Die konnte sie später durch Obduktionsergebnisse bestätigen oder auch widerlegen. Sie wandte verschiedene Methoden in Kombination an, um zu vage Ergebnisse möglichst auszuschließen:

Es waren weder Leichenflecken noch Leichenstarre vorhanden. Der Tod war also schon vor mehreren Tagen eingetreten. Schließlich löste sich die Totenstarre schon nach zwei Tagen wieder.

Sie brauchte also die Todeszeitbestimmung durch die Reizung der Gesichtsmuskulatur per Stromstoß gar nicht mehr zu versuchen. Sie hatte zwar das batteriegetriebene Reizstromgerät in ihrem Koffer, aber nur sechs bis acht Stunden nach dem Tod reagierten die Gesichtsmuskeln noch auf die elektrischen Reize. Sie war nicht traurig, dass sie die Nadelelektroden nicht mehr an den inneren und äußeren Lidwinkeln befestigen musste.

Schließlich bat sie Heinrich Kern, den Entomologen und begnadeten Insektenforscher, um Hilfe. Ausgangspunkt für seine Bestimmung war die Erkenntnis, dass Leichen in fester zeitlicher Reihenfolge von bestimmten Insektenmaden besiedelt wurden. »Bakterien, Einzeller und Pilze haben schon begonnen, von dem Leib Besitz zu ergreifen. Hier sind jede Menge Milben.« Sie zeigte auf winzige Tiere, die über das Gesicht der Toten krabbelten. Der vorliegende Befall bestätigte wiederum das Zeitfenster.

Es blieb ihr noch eine weitere, ausgeklügelte Methode. Sie musste ihre Messergebnisse und Feststellungen zur Leichenstarre, Leichenflecken, elektrische Erregbarkeit, Körpertemperatur, Bekleidung und Umgebungsbedingungen als Parameter in Tabellen eingeben und konnte daraus in mehreren Schritten den ungefähren Todeszeitpunkt errechnen. Sie trug alle Werte ein, nahm aber die Endauswertung erst im Büro vor. Es sollte wiederum zu keiner relevanten Abweichung zu den bisherigen Schätzungen kommen.

Neben dem Leichnam lag eine Handtasche. Bei vorsichtigem Öffnen kamen Papiere und Geldbörse zutage. Der Personalausweis sowie der Führerschein trugen ein Bild von Claudia Faller und waren auf ihren Namen ausgestellt. Auf dem Leder der Handtasche wurden Fingerabdrücke mit Silber verdampft und gesichert.

Auf der Brust der Toten schimmerte etwas Goldenes. Matzke bat den Fotografen um ein Bild. Der schoss es und zoomte es in der Kamera heran. Auf einer goldenen Platte war eindeutig das Abbild von Schneewittchen zu erkennen. Das Medaillon hatte der Vater erwähnt. Quod erat demonstrandum, was zu beweisen war, dachte der Kommissar zufrieden.

Die verschmutzten Kleidungsstücke der Toten wiesen ebenfalls eindeutig auf Claudia hin. Die Identifikation von Claudia Faller war damit gerichtsfest gegeben.

Auf dem Pullover fanden sich Fasern von einem fremden Gewebe. Sie wurden abgeklebt und eingetütet. An der gesamten Bekleidung befanden sich Pflanzenteile aus der nahen Umgebung. Sie waren ein Hinweis darauf, dass die Leiche ein Stück über den Boden bewegt wurde, bevor sie ihren endgültigen Liegeplatz einnahm. Auch diese Erkenntnisse wurden fotografiert und dokumentiert.

Die wichtigste Feststellung traf die Ärztin nach einer gründlichen Untersuchung des Gesichts der Toten.

Mund und Nase waren mit Erde gefüllt. Die Medizinerin ging davon aus, dass der Mörder das Gesicht auf den Boden gedrückt hatte. Sein Opfer hatte versucht, in dieser Notlage einzuatmen. Das misslang, stattdessen sog es Erde in den Mund und die Nase und erstickte daran.

»Aber ich will mich mit der Art der Tatausführung noch nicht endgültig festlegen. Näheres nach der Obduktion. Hier bei der Leichenschau kann ich ja nur die äußere Beschaffenheit der Leiche begutachten. Auf dem Seziertisch werde ich mich jedenfalls festlegen.

Alle Umstände führen jetzt schon zu einem *Verdacht* auf einen unnatürlichen Tod. Gemäß § 159 StPO sollte deshalb auf jeden Fall die Staatsanwaltschaft unterrichtet werden. Ich betone ausdrücklich, das ist nur eine Information und keine Anzeige.«

Sie wandte sich an einen Spurensucher und bat darum, Bodenproben von der Fläche rund um den Leichnam in unterschiedliche Tüten zu verbringen und entsprechend zu beschriften.

Auf den ersten Blick ergaben sich an der Toten keine Anzeichen für eine Vergewaltigung. Umso seltsamer war es, dass sie unter dem kalten Scheinwerferlicht Spuren einer Flüssigkeit nachweisen konnte, bei der es sich möglicherweise um Sperma handelte. »Doch auch dies bedarf noch einer gründlichen Untersuchung«, erklärte sie dazu.

Die Medizinerin maß noch die aktuelle Temperatur der Toten und hielt sie zusammen mit der herrschenden Außentemperatur fest.

Weitere Feststellungen wollte sie nicht treffen. Christian Matzke war ein wenig enttäuscht. Er hatte mehr erwartet.

Die Spurensuche hatte mittlerweile ihre Arbeit im knappen Radius abgeschlossen. Unter den gesicherten Spuren befand sich eine Zigarettenkippe und ein Streichholzbriefchen von einem italienischen Restaurant in Königsdorf. Sie lagen in der Nähe des Fundorts der Leiche vor einem Baum. Ein Schuhabdruck daneben konnte ausgegossen werden. Der Baumstamm war erkennbar angepinkelt worden. Für alle drei Spuren konnte der Mörder zuständig sein. Für Timo Meyer wurden diese Fundstücke ein weiteres Stück auf dem Weg zum *Nicht schuldig.* Er war Nichtraucher und der Urin war nicht von ihm, wie sich später im Labor herausstellte. Alle Fundstücke waren eingetütet und exakt dokumentiert worden. Es wurde auch festgehalten, dass es nach der Prüfung des Geländes neben dem schmalen Weg, auf dem man gekommen war, keinen weiteren Abgangsweg oder gar Fluchtweg für den Täter gab.

Kommissar Matzke suchte derweil das Gespräch mit Edgar Schneider. Der erzählte ausführlich von seinen täglichen Spaziergängen mit dem Hund. Über Strolch schimpfte er dabei sehr, weil er nicht auf ihn gehört hatte, sondern fortgelaufen war.

»Machen Sie Ihrem Hund keinen Vorwurf. Hunde haben einen hervorragenden Geruchssinn. Der treibt sie automatisch zu einer Stelle, die einen solchen strengen Geruch ausstrahlt«, wiegelte der Kommissar ab. »Das stimmt«, meinte Edgar Schneider, »ich hatte noch gar nichts gerochen, als er schon losrannte.« Der Kommissar fühlte sich gemüßigt, etwas mehr zu dem Leichenduft zu sagen: »Eigentlich ist der Duft einer Leiche eher süßlich. Aber mit Eintritt der Verwesung ändert sich das. Es kommt zur Auflösung der Zellen. Die meisten inneren Organe verflüssigen sich und werden von Bakterien und Pilzen besiedelt. Die Verwesung setzt Gase und damit faulige Gerüche frei. Ihr Hund hat uns jedenfalls einen großen Dienst erwiesen. Jeden Tag, den wir das arme Opfer früher finden konnten, ist für unsere Forensiker Gold wert. Mit jedem weiteren Tag wären Spuren verschwunden und die Bestimmung des Tatzeitpunkts wäre viel schwerer geworden.«

Edgar Schneider versuchte nicht, vom Fundort wegzukommen. Alles, was die Beamten taten, war für ihn äußerst spannend. So etwas hatte er noch nie im Leben gesehen. Er verhielt sich still und schaute bei der Arbeit gebannt zu.

Es dauerte über zwei Stunden, bis die Arbeiten am Tatort zu Ende gingen. Das große Einpacken begann. Der Leichnam war vorsichtig in einen Behelfssarg gebettet worden. Der Rückzug wurde zügig angetreten. Die erste Auswertung sollte heute noch beginnen.

Edgar Schneider wurde freundlich verabschiedet. Alle waren froh, dass es aufgehört hatte zu regnen. Matzke nahm noch einmal das Wort: »Lassen Sie mich jetzt schon an alle einige Worte richten, die für unsere Arbeit nach der Fundortarbeit gelten sollen: Ich habe die Bitte, dass Sie allesamt die dann anstehenden Untersuchungen schnell beginnen, schnell durchführen und deren Ergebnisse gründlich dokumentieren.« Launig fügte er an: »Paragraf eins – jeder macht seins.« Dieser Satz war neu und er erntete einige Lacher.

Als Edgar Schneider auf den Hauptweg kam, wurde der Heimweg zur Qual für ihn. Der Weg war noch viel mehr bevölkert als sonst. Es hatte sich wohl herumgesprochen, dass hier im Wald ein Polizeieinsatz zugange war. Wahrscheinlich stehen die Gaffer auch auf dem Wanderparkplatz, dachte Schneider entsetzt. Er tat alles, um dem Gewusel schnell zu entkommen. Er hielt seinen Blick nach unten gerichtet, damit er niemanden ansehen musste und ihn niemand ansprach. Während des gesamten Rückwegs lamentierte er mit Strolch, der hatte ihm schließlich alles eingebrockt. Er hatte ihn extra an der Leine behalten, damit er in der Nähe blieb. »Da siehst du, was passiert, wenn du unfolgsam bist. Bei Fuß hatte ich gesagt«, schimpfte er mit ihm. Doch eigentlich war er sich im Klaren, dass es gut war, durch seinen Fund an der Klärung eines Verbrechens mitgewirkt zu haben. Der Kommissar hatte ihm das sogar bestätigt. Aber seine Nerven verlangten nach einer Reaktion. Er musste wieder runterkommen. Für so etwas bin ich einfach schon zu alt, dachte er müde.

Edgar Schneider fühlte sich geschafft, als er zu Hause ankam.

Im Wohnzimmer ging er an den Schrank und holte seinen Lieblingsbrandy heraus. Cardinal Mendoza füllte den Schwenker mit seinem einzigartigen Geruch, und als Schneider ihn in kleinen Schlucken zu sich nahm, tat das seinem angegriffenen Nervenkostüm merklich gut. Er wiederholte das Zeremoniell noch zweimal, dann war er bereit für einen Mittagsschlaf.

Es hatte etwas für sich, allein zu leben. Man konnte bestimmen, was man tun wollte, dachte er wieder etwas ruhiger. Wenn man immer allein ist, ist das schlimm. Wenn man allein sein kann, ist das Freiheit!

Sein sonst kurzer Mittagsschlaf dauerte dieses Mal ganze zwei Stunden.

Er schlief entspannt und traumlos und wachte gestärkt wieder auf. Es war Sommerzeit, und so war es draußen immer noch hell. Edgar Schneider setzte sich mit dem »Stadtanzeiger« auf den Balkon und genoss die Wärme der Abendsonne. Das kalte Glas voll italienischem Weißwein, Pino Grigiot, verstand sich, beschlug von außen in der Wärme. Auch ansonsten standen die Zeiger der Uhr auf Entspannung:

Ein Kopplungsversuch der sowjetischen Raumkapsel Sojus 19 und des US-amerikanischen Apollo 18 in einer Höhe von 225 Kilometer über dem

Erdball war problemlos verlaufen. Das Rendezvous im All werteten beide
Großmächte als Zeichen politischer Entspannung.

# Ein Elternpaar erfährt traurige Gewissheit

Der Kommissar hatte nun noch die Aufgabe vor der Brust, die ahnungslosen Eltern über den Tod ihrer Tochter zu informieren. Er hatte seine Sekretärin telefonisch anfragen lassen, wann es möglich sei, sie beide zu sprechen. Heute ab 17:00 Uhr war auch Herr Faller zu Hause. Auf diesen Zeitpunkt hatte er sich eingerichtet.

Die Fahrt zu ihnen hin betrug 30 sehr lange Minuten. Wie gern hätte er seine schwere Aufgabe noch länger hinausgezögert. Doch er kam pünktlich in Königsdorf an. Frau Faller ließ ihn eintreten. Ihr Rücken war gerade durchgedrückt, ihr Blick zeigte Angst, aber sie sagte nichts. Sie führte ihn durch bis zum Wohnbereich. Christian Matzke betrachtete mit heimlicher Neugier die Großzügigkeit der Villa. Das Wohnzimmer war fast so groß wie seine ganze Wohnung. Es war mit Designermöbeln futuristisch eingerichtet. Ein übergroßes TV-Gerät stand vor der Wand. Durch das große Fenster zum Garten sah er, von einer niedrigen Hecke geschützt, eine Poollandschaft in südländischem Flair. Sie wurde offensichtlich zurzeit gut genutzt. Badetücher, Badekappen und Flossen lagen herum. Nur der traurige Grund seines Hierseins zwang ihn, ein Kompliment an die Besitzer zu unterdrücken. Vielmehr dachte er für sich im Stillen ehrlich: Wer nichts wird, wird Wirt. Und ist auch das ihm nicht gelungen, dann macht er in Versicherungen. Er verband das mit einem versteckten Schmunzeln. So hatte sein Großvater diesen Berufsstand gerne verspottet.

Hans Faller erwartete sie im Wohnzimmer. Sie setzten sich auf dunkelblaue Ledersessel um einen Rauchglastisch. Erst jetzt registrierte Matzke die Bilder an der Wand. Sie waren auf jeden Fall Kunst, und zwar eher teure, auch wenn sie nicht alle seinen Geschmack trafen. Einige waren für sein Verständnis zu abstrakt. Sie brauchten zu viel Interpretation und erschlossen sich nicht von selbst.

Vier Augen waren auf Christian Matzke gerichtet, ängstlich wartend. Er sah voll Mitleid, wie Margot Fallers Innerstes vibrierte, und bei Hans Faller schien vor Aufregung der Puls in den Ohren zu dröhnen. Er musste liefern. »Ich habe eine traurige Nachricht für Sie«, begann er mit leiser Stimme. Ihr Schweigen belastete ihn, in die Augen von Margot Faller traten Tränen. Er beschloss einfach fortzufahren, das ganze hinter sich zu bringen: »Hier ganz in der Nähe im Villeforst wurde heute eine weibliche Leiche aufgefunden. Nach unserer Überprüfung handelt es sich um den Leichnam Ihrer Tochter Claudia. Sie ist einem Verbrechen zum Opfer gefallen. Es handelt sich um keinen Raubmord. Ihre kleine Handtasche lag neben ihr, das Portemonnaie mit Geld und den Papieren waren genauso darin wie der Hausschlüssel. Dem ersten Anschein nach wurde sie nicht vergewaltigt. Wir waren alle tief erschüttert, und ich kann Ihnen nur von ganzem Herzen kondolieren.«

Margot Faller entfuhr ein lautes Schluchzen. Sie hielt sich beide Hände vor ihr Gesicht.

Die Mimik von Hans Faller war eingefroren. Mit heiserer Stimme fragte er: »Gibt es keine Möglichkeit eines Irrtums?« Der Kommissar schüttelte den Kopf. »Nein, der ist leider ausgeschlossen. Allein schon ihre Papiere und die Kleidung reichten zur Identifizierung. Ihre Tochter trug das goldene Kettchen mit dem Schneewittchen-Medaillon, welches Sie erwähnt hatten. Wir konnten ihre Fingerabdrücke bestätigen. Die gerichtsmedizinische Begutachtung des Zahnprofils anhand Unterlagen ihres Zahnarztes belegten ebenfalls die Identität.«

Margot Faller war völlig abwesend. Sie dachte über ihre Tochter nach. Wo war sie jetzt, und wer war sie jetzt? Ihre Seele hatte bestimmt den geschundenen Körper verlassen. War sie nun eine Wolke oder Dampf? War sie vielleicht unsichtbar wie der Heilige Geist oder oben im Himmel zum Engel geworden? Frau Faller konnte sich nicht entscheiden. Aber sie war sich sicher, dass es Claudia besser ging als auf Erden. Bei dem Gedanken wurde sie ruhiger und verspürte dankbar den Trost, den ihr diese

Annahme bereitete. Hoffnung keimte auf, dass sie Claudia irgendwann einmal wiedertreffen würde.

Hans Faller reagierte viel nüchterner: »Also habe ich mich in meiner Tochter doch nicht geirrt. Sie wollte nach Hause fahren und ist nicht einfach verschwunden. Gibt es Anhaltspunkte, wer ihr verdammter Mörder ist?« In seinen Augen spiegelten sich Misstrauen, Traurigkeit und schließlich enorme Wut wider. Christian Matzke versuchte die Gefühle seines Gegenübers mit seiner Antwort nicht weiter anzufachen: »Wir stehen leider mit unseren Ermittlungen noch ganz am Anfang. Es gibt viele Spuren, die auszuwerten sind. Ich kann Ihnen weder etwas Verbindliches zum Mörder sagen noch bestätigen, dass er seine Tat wirklich hier in Königsdorf begangen hat. Alles, was wir letztlich preisgeben, muss gerichtsfest sein.« Der Kommissar vermied zu erwähnen, dass keine Leichenflecken mehr feststellbar waren. Insofern konnte an der Lage des Leichnams auch nicht mehr ermittelt werden, ob der Fundort gleich dem Tatort war. Möglicherweise konnten das andere Umstände belegen. Er wollte die Eltern nicht unnötig aufregen.

Trotzdem trat Zornesröte in das Gesicht des Vaters. Seine Stimme war hart und vorwurfsvoll, als er ausstieß: »Mit anderen Worten, die Mühlen der Bürokratie mahlen einfach zu lang.«

Je mehr er weitere Entschuldigungsgründe strapazierte, desto mehr merkte der Kommissar, dass er damit bei den Eltern kein Einsehen erreichte. Die Eltern wehrten sich wenigstens nicht dagegen, zum Ende zu kommen. Eine Fortführung des Gesprächs hätte sie nur weiter unnötig aufgewühlt.

Der Kommissar suchte geeignete Schlussworte: »Ich werde jede Chance wahrnehmen, den Mörder Ihrer Tochter zu finden.«

Hans Faller widerstand dem Impuls, nochmals giftig zu antworten. Er ahnte zum ersten Mal ein wenig, wie belastend es war, für Entscheidungen über das Leben von anderen verantwortlich zu sein. Er spürte einen Druck auf seinem Brustkorb und schwieg.

Der Kommissar registrierte sein Schweigen mit Erleichterung und war zum Dank dafür um einen weiteren versöhnlichen Abschluss bemüht: »Jeder Polizist hat einen Fall, den er nicht gelöst hat. Der lässt ihn dann nicht los. Glauben Sie mir, ich werde alles tun, dass dies nicht mit dem Fall Schneewittchen geschieht. Deshalb werfen Sie mir bitte keine Untätigkeit vor. Das wäre wirklich unzutreffend. Aber bei diesem Fall komme ich mir bisher vor wie vor einem Adventskalender des Teufels. Täglich mache ich ein Türchen auf und finde ein neues satanisches Puzzlestück, während mein Blick auf das Ganze leider nicht besser wird!«

Kurz danach verließ er, erleichtert, dass ein totaler Eklat ausgeblieben war, die Villa. Es war gut, dass er keine Gedanken lesen konnte. Hans Faller hatte in seinem Kopf schon wieder auf Kampfmodus umgestellt: Da geht er dahin und bereitet schon wieder seinen nächsten Irrtum vor, dachte er verbittert.

# Auswertungen des Leichenfunds

Dr. Marlies Möller hielt sich an das Versprechen, die weiteren Untersuchungen am Seziertisch rasch durchzuführen.

Sie begann die Sektion mit einer genauen Besichtigung des toten Körpers. Sie war sich bewusst, dass die Öffnung ein nicht wiederholbarer Akt war und schon deshalb exakte und gründliche Vorgehensweise und Dokumentation verlangte.

Beim vorsichtigen Entfernen der Kleidung erkannte sie kleine Perforationen in den Stoffen, bemerkte deren Anhaftungen am Körper, die teils auf kleine Wunden zurückgingen. Einige Stellen der Kleidung beschloss sie, vorsichtig aufzuschneiden, um eine Beschädigung der darunterliegenden Körperteile zu vermeiden. Sie untersuchte alles genau und dokumentierte es. Ihr entgingen dabei nicht die Eindrücke des Elektroschockers im Nacken. Sie waren typisch für ein solches Gerät. Die Medizinerin vermaß den Abstand zwischen den Druckstellen und hielt ihn fotografisch fest. Sie äußerte die Vermutung, dass die Ruhigstellung des Opfers wahrscheinlich bereits beim Kidnapping am Stadtwald stattgefunden hatte.

Die Kleidung war ziemlich unbeschädigt. Es hatte anscheinend keinen Kampf gegeben. Verschlüsse waren nicht abgerissen, aber alles war, wie nach dem wechselvollen Wetter zu erwarten, durchnässt und stark verschmutzt. Der intensive Leichenduft war in die Textilien übergegangen.

Wo sie am Fundort Blutspuren auf der Toten gefunden hatte, konnte sie nunmehr Hinweise für deren Entstehungsmechanismus finden. Sie überprüfte die Korrespondenz der Beschädigungen an den Hosenbeinen mit denen an den darunterliegenden Leichenteilen. Sie fand sie passend zu den Wunden an den Unterschenkeln. Die Form der Beschädigung im Stoff entsprach derjenigen der kenntlich gemachten Blutspuren an den Beinen. Der Leichnam war über den Boden gezogen worden, und das hatte die Verwundungen verursacht.

Frau Dr. Möller nahm nun eine Blutuntersuchung nach dem AB0-System vor. Es beinhaltete die vier Phänotypen A, B, AB und 0, die jeweils für eine andere Kohlenhydratkette an der Erythrozytenmembran standen.
   Die roten Blutkörperchen enthielten an ihrer Oberfläche Antigene, die mit A und B benannt waren. Feststellen konnte man die Blutgruppe A mit dem Antigen A, die Blutgruppe B mit dem Antigen B, die Blutgruppe AB mit beiden Antigenen und die Blutgruppe 0 mit keinem der beiden Antigene. Der Leichnam wies die Blutgruppe Null, Rhesus positiv auf. Die Blutgruppe 0 war weltweit die häufigste. Immerhin besaßen circa 38 Prozent der Bevölkerung diese Kombination.

Die Situationsspuren ließen Rückschlüsse auf die Spurenentstehung zu und halfen bei der gedanklichen Rekonstruktion des Tathergangs. Die Verletzungen waren eindeutig im Liegen entstanden. Die Medizinerin fand die Bestätigung ihrer Einschätzung, dass die Unterschenkel über den Boden geschleift worden waren, woraus die blutigen Schürfwunden resultierten. Die Spuren waren länglich und alle in eine Richtung ausgelegt.

Der Tascheninhalt der Hose war spärlich. Sie konnte nur ein weißes Stofftaschentuch entnehmen, einen einzelnen verpackten Spearmint-Kaugummi und 0,50 Mark Kleingeld. Aus diesen Fundstücken waren keine Schlüsse zu ziehen.

Pflanzenreste in den Haaren waren passgenau zu der Pflanzenflora, die sie am Fundort gesichert hatte. Sie hatten sich dort im Haarschopf verfangen, wahrscheinlich beim Heranschleifen und Ablegen der Toten in der kleinen Mulde auf der Lichtung.
   Abschließend machte sie sich einen allgemeinen Eindruck von der äu-

ßeren Beschaffenheit der Leiche. Genaue Erkenntnisse über die Haut, ihren Pflegezustand und das Weichteileverhältnis konnte sie wegen des Fortschritts der Verwesung nicht im erhofften Maße gewinnen. Sie entdeckte jedoch keinen Hinweis auf größere medizinische Narben, Tätowierungen und Male. Die waren auch wegen der bereits getroffenen Identifizierung der Toten entbehrlich.

Die Untersuchung der einzelnen Körperregionen begann sie am Kopf. Sie fand bestätigt, dass die Nasenöffnungen genau wie der Mund vollends mit Erde der am Fundort genommenen Erdproben verfüllt waren. Dieser Zustand hatte eine Atmung unmöglich gemacht.

Am Hinterkopf konnte sie, auch nach vorsichtiger Rasur der Kopfbehaarung, keine Wunde erkennen. Das wahrscheinliche Drücken des Gesichts in den Boden hatte keine bleibenden Spuren hinterlassen. Es war wohl mit einer großen Hand nur durch stetigen Druck erfolgt. Die Annahme, dass Handschuhe dabei getragen wurden, war im Fehlen von Hautpartikeln und Fingerabdrücken begründet. Die Ohrmuscheln waren frei von Erde, aber wiesen leichten Tierfraß auf.

In der Halsregion fanden sich keine Drossel- oder Würgemale.
    Auch die Thoraxform und -wölbung war im normalen Zustand.
    Die Inspektion der Genitalien brachte keinen Hinweis auf ein Sexualdelikt. In Vulva oder Vagina fanden sich keine Fremdkörper und vorsorgliche Abstriche blieben ohne Befund.
    Der Analregion entnahm sie eine Stuhlprobe für das Labor. Auch sie wies keine Blutspuren einer inneren Verletzung auf.

Bei den oberen Extremitäten beschaute sie besonders die Handinnenflächen, fand aber keine Abwehrverletzungen oder sturzbedingte Verletzungen vor. Sie suchte auch vergeblich nach Griffspuren an den Handgelenken. Das Hinwerfen der jungen Frau auf den Boden musste eher durch einen schnellen Ruck als durch festes Zugreifen erfolgt sein.

Unter den Fingernägeln fand sie ebenfalls keine Auffälligkeiten.

Die Feststellungen bei den unteren Extremitäten bezogen sich nur auf die Verletzungen an den Unterschenkeln.

Auch die gründliche Begutachtung des Rückens machte weiter gehendes postmortales Röntgen oder sogar Kernspintomografien entbehrlich.

Sie wandte sich nun der inneren Besichtigung zu. Eine vollständige Obduktion mit gründlicher und sorgfältiger innerer Besichtigung der Leiche erschien nicht notwendig. Der Eintritt des Todes durch Ersticken infolge der in die Atmungsorgane eingedrungenen Erde war zu offensichtlich. Die Auswirkung davon auf die inneren Organe wurde natürlich verfolgt und dokumentiert.

Das Untersuchungsergebnis erlaubte eine strafrechtliche Einordnung der Tat als Mord und nicht als Totschlag. Die endgültige Bestätigung oblag natürlich dem Gericht, und vor Gericht und auf hoher See war man immer in Gottes Hand. Der Mörder hatte aber mehrere Stadien der Bösartigkeit durchlaufen und mit der klaren Absicht zu töten rücksichtslose Körperverletzungen in Kauf genommen. Anders als beim Totschlag war nach Meinung der Medizinerin in Arglist und mit Vorsatz gehandelt worden.

Daneben erfolgte eine Teilobduktion, um ein Sexualdelikt endgültig auszuschließen. Abstriche aus der Scheide, und zwar aus dem vorderen und hinteren Scheidengewölbe, dem Zervix-Kanal der Gebärmutter und Analabstriche brachten nach den Abstrichen von außen nunmehr dafür die Gewissheit.

Auch den Todeszeitpunkt wollte sie noch einmal verifizieren. Sie wählte Cystatin C, das in der Nebenniere des Menschen gebildet wird, für die Bestimmung aus. Sie löste es mit einem raschen Schnitt aus dem Gewebe der Nebenniere heraus. Man konnte es bis zu zwölf Tage nach dem Tod durch eine positive Immunreaktion noch nachweisen. Das gelang ihr bei der Toten. Nahm man an, dass Claudia Faller am Tag ihres Verschwindens getötet wurde, so war dieser Befund im Zeitrahmen richtig.

Die letzte Methode war die Todeszeitbestimmung anhand der Exkremente im Darm. Sie hatte nachgelesen, dass Claudia Faller im Stadtwald eine Grillwurst zu sich genommen hatte. Hiervon fanden sich noch Bestandteile im Darm der Toten. Das untermauerte ein weiteres Mal den angedachten Todeszeitpunkt.

Die angewandten Verfahren hatten schlussendlich einen Unsicherheitsfaktor von ein bis zwei Tagen. Man musste also ein Alibi für drei Tage abfragen. Das war bestimmt nicht das größte Problem bei der Lösung dieses Falles.

Auch die Laborergebnisse, die Ergebnisse der Spurensuche und die Fotos lagen im Laufe des Tages Kommissar Christian Matzke vor.

Die Fotos gaben einen Überblick über den Fundort und sein Umfeld. Der Kommissar war sehr zufrieden, dass kleinere Gegenstände immer mit einem Maßstab und mit Namenstafel abfotografiert worden waren.

Die Radprofile auf dem Parkplatz lagen als dreidimensionale Formspur vor. Wenngleich sie keine Auskunft zu den entsprechenden Pkws ermöglichten, konnten sie
bei der Untersuchung eines Verdächtigen diesen später als Spurenverursacher identifizieren und überführen.

Die Fingerabdrücke auf der Handtasche der Toten stammten von ihr selbst und von einer nicht registrierten Person. Sie war mit großer Sicherheit männlich und gehörte auch nicht zu den Teilnehmern an der Party, von denen man Fingerabdrücke genommen hatte.

Die gefundene Flüssigkeit bestätigte sich als Sperma. Es war mit großer Wahrscheinlichkeit dem Mörder zuzuordnen. Leider enthielt die Spermaprobe keine Blutspuren. Eine Blutgruppe konnte also nicht bestimmt werden. Da nachweislich kein Sexualdelikt ausgeführt worden war, schien dem Mörder allein der Triumph des Beherrschens und Tötens seines Opfers für einen Samenerguss genügt zu haben.

Die Fremdfasern auf dem Pullover der Toten stammten von einem Anorak.

Die wichtigste Erkenntnis aus der Spurensicherung ergab sich für die Fundstücke: Abdruck der Schuhsohle, Zigarettenkippe und Urin am Baumstamm. Diese Spuren waren höchstens drei Tage alt und gehörten deshalb nicht zum Tag der Tat. Da die Stelle recht nah beim Fundort der Leiche lag, hätte der Verursacher die Leiche sehen und melden müssen. Das hieß im Umkehrschluss, dass es den Täter möglicherweise noch einmal an den Ort seiner Tat gedrängt hatte, um seinen Triumph noch einmal zu erleben. Vielleicht hatte man damit eine weitere Spur zum Täter.

Der Kommissar war erschöpft nach der langen Phase der Konzentration, die ihm alle Berichte abverlangt hatten. Er beschloss die Folgerungen für das weitere Vorgehen auf den nächsten Tag zu verschieben. Er wollte sich eine kleine Auszeit gönnen. Er fühlte Zuversicht, dass man dem Mörder ein Stückchen näher gekommen war.

# Konsequenzen der Spurenauswertung

Kommissar Christian Matzke kam am nächsten Morgen gut gelaunt zur Arbeit. Er hatte seine gestrige Auszeit wunderbar genutzt und seinen Abend im Haus der Kultur und der authentischen georgischen Küche verbracht.

Das Restaurant lag an der Aachener Straße etwa 200 Meter stadteinwärts hinter der Kreuzung mit der Bonnstraße. Die Produkte waren zwar hochwertige Rohmaterialien von Bauernhöfen der Region und Natur-Metzgereien, die Gerichte repräsentierten jedoch beste georgische Kochkunst. Er liebte die handgemachte Khinkali, gebackene Teigtaschen mit unterschiedlicher Füllung. Es gab sie mit würzigem Rinderhack oder auch mit Käse. Dazu gehörte unbedingt hausgemachtes Brot und Adjika, eine sehr scharfe Sauce. Selbst wer sich mit fremdländischen Gerichten schwertat, fand hier etwas für seinen Gaumen. Die Hälfte der Speisekarte wies kölsche Gerichte aus. Frische hausgemachte Reibekuchen mit Apfelkompott oder Räucherlachs und Sahnemeerrettich, grobe Bratwurst mit Pommes. Gebratene Flönz gab es ebenfalls mit den goldenen Kartoffelstäbchen. Das Wetter war gut, und so hatte er einen Platz draußen im Biergarten gewählt. Die rustikalen Holztische, mit weißen Sets und roten Servietten eingedeckt, waren im Sonnenlicht eine helle Freude.

Das Haus machte um 16:00 Uhr auf, und er war früh dran gewesen. So hatte er die volle Auswahl gehabt.

Zunächst bestellte er sich eine Flasche gekühlten georgischen Wein und eine mit stillem Wasser. Der Weinbau in Georgien hatte lange Tradition. Die Rebfläche war über das ganze Land etwa 60.000 Hektar groß. Der Rote schimmerte rubinrot, war frisch, etwas fruchtig mit viel Alkohol.

Er hatte gar keine Ähnlichkeit mit unseren Lagen, war eher ein alkoholisierter exotischer Fruchtsaft. Wenn er so gekühlt vor einem stand, musste man aufpassen, dass man nicht zu viel davon nahm. Er ging schnell ins Blut und stieg in den Kopf. Es gab aber auch einen ordentlichen Weißen, sogar einen trockenen. Den wählte er dieses Mal.

Als Matzke die Speisekarte studierte, hatte er die Qual der Wahl. Er wollte einmal richtig zuschlagen. Er wählte einen üppigen Vorspeisenteller:

Spinat-Walnuss-Allerlei, gebratene Auberginen mit Walnuss-Mandel-Pesto, Rote Bete mit frischen Kräutern und Waldbeerensauce mit Maisbrot in der Pfanne gebacken.

Als Hauptgericht nahm er ein Fischgericht, Tevzis Badje, frischen Lachs in Walnusssauce mit grünem Salat und Reis.

Wenn der Appetit es danach noch zuließ, hatte er zum Nachtisch etwas richtig Süßes im Auge. Doch wenn er ehrlich war, war er dafür meistens schon zu satt. Klugerweise stellte er auch diesmal die Bestellung zurück. Nachdem er geordert hatte, legte er sich faul zurück und hielt sein Gesicht in die Sonne. Carpe diem war nun angesagt, und das tat er mit großem Genuss. Er genoss das Heute und verschob es nicht auf den nächsten Tag. …

Für den neuen Tag hatte er sich vorgenommen, aus allen nun vorliegenden Spuren Schlüsse für die weiteren Ermittlungen zu ziehen. Er wollte dabei vorrangig überdenken, ob Spuren aus dem Stadtwald kombiniert mit Spuren vom Fundort der Leiche neue Fahndungsansätze ergäben.

Er ging zunächst einmal die Gegenstände durch.

Die Zigarettenkippe am Fundort der Leiche gehörte zu einer Marlboro-Zigarette. Von dieser Sorte waren fünf auch im Stadtwald gesichert worden. Es empfahl sich eine vergleichende Laboruntersuchung der Mundstücke. Es wäre von großer Bedeutung, wenn der Raucher vom Fundort sich auch unter den Gästen im Stadtwald befunden hätte. Damit würde nachgewiesen, dass der Raucher am Fundort kein zufälliger gewesen war, sondern mit der Gruppe um Claudia Faller eine Verbindung aufwies.

Selbst wenn eine solche Laborauswertung nicht mehr möglich war, konnte man zumindest alle Marlboro-Raucher identifizieren und ihren Tagesablauf am Tag der Feier und an den zwei Tagen danach hinterfragen. Vielleicht ergaben sich ja dadurch neue Verdachtsmomente.

Ähnliches galt für den Vergleich des Trittsiegels am Fundort der Leiche mit denen, die im Stadtwald gesichert worden waren. Da rechnete er allerdings mit keinem Erfolg, denn der Abdruck am Fundort war sehr speziell. Vielleicht konnten sie aber aus ihm allein etwas herauslesen.

An beiden Orten war ein Streichholzbriefchen gefunden worden, wenn auch mit unterschiedlicher Werbung versehen. Der Kommissar kam zu dem Schluss, dass solche Werbeträger, gerade von jungen Leuten, nur selten benutzt wurden. Vielleicht wiesen deshalb die unterschiedlichen Briefchen auf einen Benutzer hin, der speziell die Marotte hatte, sie anstatt Einwegfeuerzeugen zu verwenden.

Vom Parkplatz lag eine Anzahl Abgüsse von Autoreifen vor. Christian Matzke hatte sich kundig gemacht, dass man an ihnen durchaus Typenklassen der dazugehörenden Pkws bestimmen konnte. Mit diesem Wissen konnte man bei allen identifizierten Personen erfragen, ob sie Autofahrer waren und welche Typenklasse sie fuhren. Nur die passenden Wagen mussten dann mit den Abdrücken verglichen werden. Wurde man fündig, konnte das Wageninnere auch noch auf Spuren von Claudia überprüft werden.

Der männliche Fingerabdruck auf der Handtasche der Toten stammte nicht von einem der Party-Besucher. Er war auch nicht in der Kartei registriert. Er gehörte also zu einer unbekannten Person, die natürlich der Mörder sein konnte.

Die sichergestellte Faser auf dem Pullover von Claudia Faller passte zu dem Jack-Wolfskin-Anorak PACK & GO OVERHEAD schwarz. Diese Jacke war superleicht und benötigte wenig Platz. Es wurde sogar damit geworben, dieser Überkopfanorak sei ultraklein verpackbar. Am Tag der Feier waren die Wetterprognosen für abends schlecht gewesen. Bestimmt hatten viele Teilnehmer mit einem solchen Regenschutz vorgesorgt, die Ermordete schließlich auch. Der Kommissar notierte sich, dass alle Gäste mit einem Bild der Jacke abgefragt werden sollten. Selbst wenn der Besitzer dies aus nachvollziehbaren Gründen nach dem Motto »Cops stellen keine Fragen, sie legen Minen« verschwieg, erinnerte sich vielleicht jemand anderes, wer einen solchen Anorak getragen hatte.

Der perfekte Ablageort der Leiche in Königsdorf im Villeforst und der günstige Weg über den Wanderparkplatz legten große Ortskenntnis nahe. Es lohnte sich also, männliche Kandidaten herauszusieben, die in oder um Königsdorf zu Hause waren oder zumindest dort arbeiteten. Wer von den Personen infrage kam, konnte aus den vorliegenden Adressen herausgefiltert werden. Ein spezieller Besuch bei ihnen dafür war also zunächst entbehrlich.


Das Sinnieren über die Ortskenntnis ließ einen weiteren wichtigen Gedanken ihn ihm entstehen: Der erste Ort im Stadtwald wie auch der Tatort im Villeforst waren über die Aachener Straße zu erreichen. Mit großer Wahrscheinlichkeit hatte Claudias Mörder diese Straße nach seiner Entführung benutzt und war Richtung Tatort aufgebrochen. Auf der Strecke gab es mehrere Verkehrsradargeräte. War der Mörder vielleicht in der Tatnacht vor Aufregung zu schnell gefahren? Der Kommissar gab den Auftrag, alle nächtlichen Blitzbilder zu untersuchen. Bilder von ganzen Familien konnten dabei ausgelassen werden. Paare schloss er in die Untersuchung mit ein. Auch wenn der Mörder Claudia mit Gewalt entführt hatte, war sie vielleicht ruhiggestellt und ins Wageninnere gesetzt worden. Aber am wichtigsten erschienen ihm einzelne Männer als Fahrer. Sein intelligenter Gedanke brachte allerdings nichts ein. Schnell ging ihm die Nachricht zu, es gäbe keine relevanten Blitzerfotos. Er nahm es ohne erkennbare Regung hin und grübelte einfach weiter.


Lange dachte Matzke darüber nach, wie sich der Spermafund damit vertrug, dass kein Sexualdelikt stattgefunden hatte. Musste der Mörder mit krankhafter Liebe zur eigenen Person, mit ausgeprägtem Narzissmus, eine andere Form der Befriedigung finden? Schließlich formulierte er aus diesen Gedanken eine These: Der Täter war nicht fähig zu echtem Sex. Er suchte und fand stattdessen seine Befriedigung darin, sein Opfer zu beherrschen. Ein verklemmter Schwächling musste sich für den Lustgewinn als Dominator aufspielen.

Deshalb lohnte es sich, eine Befragung speziell nach verklemmten Typen vorzunehmen, hatte der Kommissar daraus gefolgert. Die Beamten, welche die einzelnen Gäste befragten, konnten sich dabei selbst ein Bild von ihnen machen, sie auch noch befragen, ob sie jemand Entsprechendes kannten. Doppelt genäht hielt besser!

Last but not least sah er vor, das Verhalten der Trauergäste bei Claudia Fallers Beerdigung selbst genau zu beobachten.

Er ging seine Unterlagen noch mehrfach durch, bevor er sich sicher war, dass er alle relevanten Punkte berücksichtigt hatte. Für den Nachmittag rief er die Mitglieder der Mordkommission zusammen, um die neuen Aufträge vorzustellen. Wer sie erfüllen sollte, konnten die Mitarbeiter selbst entscheiden. Er wollte ihnen Handlungsspielraum lassen. Der Kommissar fühlte ein klein wenig Optimismus, dass der Mörder doch noch überführt werden konnte. Hans Faller hatte er das ja auch in die Hand versprochen. Mit diesem Gefühl ging er zu Tisch. Er hatte gestern bei der Auswahl seines Hauptgerichtes nicht daran gedacht, dass der nächste Tag ein Freitag war und es da im Kasino immer Fisch gab. Fisch hatte er gestern gerade gegessen. Doch der Schellfisch mit Senfsauce heute ließ sich ebenfalls gut essen.

Die Besprechung am Nachmittag verlief gut. Seine Überlegungen fanden große Zustimmung. Seine Männer waren alle heiß auf einen Erfolg. Seine Entscheidung, sie selbst unter sich die Arbeit verteilen zu lassen, bescherte ihm zum Dank zufriedene Gesichter. Sie wurden sich einig, dass die Ergebnisse innerhalb der nächsten zwei bis drei Tage bei ihm einlaufen sollten. Er konnte nur schwer seine Ungeduld verbergen.

Schon der nächste Tag brachte erste Neuigkeiten. Gerade erst war der Kommissar in seinem Büro angekommen, da klopfte es schon an seiner Tür. Alexander Kress trat ein, und an seinem Gesicht erkannte Christian

Matzke, dass er eine Information für ihn hatte. Ihm tat gut, wie sehr Kress Tatendrang ausstrahlte. Der junge Ermittler legte einen mehrseitigen Ausdruck auf den Schreibtisch. »Das ist das Ergebnis meiner Analyse, welche Fahrzeugtypen zu unseren gesicherten Reifenspuren passen.« Er ging unruhig auf und ab, leger gekleidet bewegte er sich geschmeidig, und man sah ihm an, dass er regelmäßig Sport trieb.

»Ich gehe davon aus, du hast für mich noch einige zusätzliche Erläuterungen«, meinte der Kommissar dazu.

»Aber klar doch, nach Radstand und Anordnung der Reifen haben wir es bei den Spuren ausschließlich mit größeren Spritfressern zu tun.«

»Das passt doch«, fiel ihm der Kommissar ins Wort. »Solche Wagen passen in diese Gegend. Hier fährt man bestimmt auch eine kurze Strecke mit dem Pkw, um spazieren zu gehen.«

Alexander Kress wiegelte ab: »Das scheint mir durchaus eine plausible Überlegung, aber die Herrschaften könnten auch beispielsweise aus den Villenvierteln von Lindenthal hier raus ins Grüne gefahren sein.«

»Dann wäre ihnen aber ein so gut verborgener Parkplatz eher nicht bekannt«, hielt der Kommissar dagegen.

»An welche Autotypen denkst du denn überhaupt?«

»Als die Hits der gehobeneren Klasse gelten momentan immer noch die Mercedes-Benz-W113-Automobile, da passen in einem Fall sogar die Maße auf unsere Abmessungen: Rund 4,7 Meter Länge und 1,81 Meter Breite.«

»Das hört sich schon mal gut an, konntest du durch die Breite der Reifen noch zusätzliche Erkenntnisse gewinnen?« »Christian, du bist ein Gedankenleser. In einem Fall ist die Radbreite 225 Millimeter. Passt zum Beispiel zum Opel Kadett. Der ist nicht ganz so komfortabel, hat aber durchaus Platz auch für eine größere Familie.«

»Ich sehe schon, du hast deine Hausaufgaben gemacht.«

»Dann will ich es damit auch gut sein lassen. Die meines Erachtens am ehesten in Betracht kommenden Pkws sind: Mercedes Benz, BMW 6er, Opel Kadett, Audi 80 und Ford Granada. Aus der Mercedes-Typenreihe hat der 200 die Radmaße 205/60 R 15, das bedeutet 205 Millimeter breit,

Profilquerschnitt 60 Prozent sowie 16 Zoll Durchmesser der Felgen. Diese Reifenbreite haben wir ebenfalls im Angebot.«

Der Kommissar rekapitulierte kurz alles, was er gehört hatte, und fasste sein Ergebnis zusammen: »Wenn ich dich richtig verstanden habe, fragen wir zunächst mal alle Mercedes-Pkw W113 ab, da haben wir die passende Reifenbreite und mit 4,7 Meter Länge auch eine Option. Der familienfreundliche Opel Kadett kommt hinzu. Schaut für alle uns bekannten Personen das Melderegister durch und dann schauen wir mal. Vielleicht ist ja ein Glückstreffer dabei. Gute Arbeit, Kress.«

»Du, Christian, ich habe mich auch schon mal für die gesicherte Schuhsohle am Fundort der Leiche interessiert, sie gehört zu einem Herrenschuh der Größe 47,5, bist du einverstanden?«

»Warum nicht, ich würde auch gerne mal auf großem Fuß leben!«

»Wie meinst du das?«

»Ich habe nur Größe 44.«

»Spaß beiseite, die Sohle kann uns etwas sagen. Es handelt sich um eine Originalsohle und nicht um eine vom Schuhmacher. Ihre Aufmachung ist sehr spezifisch. Sie war mit keinem Abdruck aus dem Stadtwald identisch. Sie gehört unter einen Arbeitsschuh. Im vorderen Bereich hat sie große, tiefe Trittsiegel, dürfte damit nahezu rutschfest sein. Im mittleren Bereich finden sich, hoffentlich richtig geraten, ist schon etwas abgerieben, die Worte »Benzin- und Öl-fest« eingraviert. An der Hacke liegt ein Oval quer und ist mit einem Rautenmuster gefüllt. Dieses Gesamtkunstwerk gibt es nur bei der Marke Baumeister.«

»Gute Arbeit, Alex, dieses Ergebnis macht richtig Mut. Jetzt müssen wir nur noch einen Baumeister finden. Die jungen Leute mit Abitur können wir wohl weglassen. Wer käme denn dann sonst infrage? Ich glaube fast niemand, der uns schon bekannt ist.«

»Ich bin gerne anderer Meinung als du, Herr Kommissar. Aber ich meine, das kann man wirklich anders sehen. Die jungen Kerle geben heute doch gerne mit grobem Schuhwerk an. Wir sollten sie nicht sofort aussortieren. Außerdem ist es Fakt, je jünger die sind, umso größer sind ihre Haxen. 47,5 geht da schon in Ordnung.«

»Du hast mich überzeugt. Wir sollten dann aber die Untersuchungen alle auf einmal vornehmen, Autoreifen, Raucher und Zigarettensorte, Streichholzheftchen, Suche nach einem verklemmten Typen, Suche nach dem Anorak und auch der Schuhsohle, meine ich. Wenn wir bei den Partybesuchern mehrmals aufschlagen, zetteln spätestens ihre Eltern eine Palastrevolution an. Ihr solltet auch in einem Aufwasch in Erfahrung bringen, ob die Eltern am Abend der Party zu Hause waren. Wir könnten dadurch die Väter als denkbare Täter ausschließen. Ihr solltet dazu die Mutter befragen. Fragt, ob beide Elternteile während der Abwesenheit ihres Kindes zu Hause waren und es vielleicht sogar beim Zurückkommen gehört haben. Dann habt ihr gleichzeitig eine plausible Begründung für die Frage.

Damit wir mit der geringen Zahl unserer Ermittler keine Probleme bekommen, sollten wir vielleicht zunächst mit den Personen beginnen, die in der Nähe von Königsdorf wohnen oder arbeiten.« Alexander lachte begeistert und grüßte militärisch mit einem »Okay Chef«.


Oliver Runge betrat das Büro des Kommissars, ohne anzuklopfen. Christian Matzke drehte sich erst zu ihm um, als er dessen Stimme hörte.

»Hallo Chef, ich komme mit dem Ergebnis zu den Zigarettenkippen.«

»Und, wie ist der Stand?«

»Wir sind dicht dran.«

»Aha, also Fehlanzeige.«

»Lass mich doch bitte der Reihe nach berichten. Sei nicht so ungeduldig.«

»Ja, ja, Geduld ist die Tugend, aber Ungeduld bringt einen ans Ziel. Gut, dann berichte mal.«

»Dass wir mit der Marlborokippe am Fundort der Leiche das Ende der zurzeit beliebtesten Zigarettensorte gefunden haben, ist dir bestimmt bekannt. Ich glaube, das geht auf die gute Werbung mit den Cowboys, den Pferden und den Ruf nach Freiheit und weitem Land zurück. Das macht die jungen Leute an und findet auch bei den älteren Sympathien. Die fünf Kippen im Stadtwald waren dort die größte Zahl der gefundenen Marken.

Ich hatte mir allerdings vorgestellt, dass so ein Stummel uns mehr verraten kann. Der erste Fehlschlag war, dass sich am Zigarettenstummel vom Fundort der Ermordeten keine Fingerabdrücke befanden. Entweder trug der Raucher Handschuhe oder die Kippe war zu lange dem Dauerregen ausgesetzt, was die Spuren vernichtete. Da hilft uns auch nicht, dass auf vier der Kippen aus dem Stadtwald Fingerabdrücke waren. Die passten zu Teilnehmern der Party, aber nicht zum Abdruck auf Claudias Handtasche.

Nun hatte ich gedacht, Spucke verrät einiges, was dem Menschen gar nicht lieb ist. Aber auch hier, Pustekuchen! Die bisherigen Untersuchungsmethoden erlauben nur, aus Speichelproben zu erkennen, ob sie zu einem Mann oder zu einer Frau gehören. Die Speichelanhaftungen an der Kippe am Fundort waren von einem Mann. Darauf hatte uns aber schon der daneben gefundene Abdruck von der Sohle eines Arbeitsschuhs der Größe 47,5 hingewiesen. Das Einzige, was ich noch machen konnte, ich ließ die Kippen mit den entsprechenden Bezeichnungen wieder eintüten. Vielleicht erleben wir ja noch Zeiten, in denen nach dem Stand der Forschung Proben einmal mehr verraten. Tut mir leid. Bei den alten Griechen, ich glaube in Sparta, wurde der Bote schlechter Nachrichten getötet. Ich bitte um Gnade.« Er sah seinen Chef mit einem Grinsen an.

Der ließ einen Moment verstreichen und antwortete ernst: »Die Gnade sei dir gewährt. Du kannst ja nicht alleine was dafür, dass wir zu dumm sind, die Spuren besser auszulesen. Unser Leben findet nicht in der Vergangenheit statt, sondern in der Zukunft. In der besteht ja noch Hoffnung.«

Die Auswertung des Adressenguts der Teilnehmer an der Party brachte die Erkenntnis, dass 16 der 35 Personen dem Raum Königsdorf zuzurechnen waren. Davon waren die Hälfte weiblich und kamen als Täter nicht in Betracht. In 4 Haushalten gab es Limousinen, zu denen die gesicherten Reifenspuren passen konnten. Von den restlichen 19 Personen fielen nur 9 auf das männliche Geschlecht. 2 Pkws waren zu untersuchen. Damit blieben die zunächst zu besuchenden Haushalte überschaubar. Die Fahnder konnten sich nun mit konkreten Fragen in die Haushalte begeben:

Hatte einer der Jugendlichen einen Anorak, von dem die auf dem Pullover der Toten gefundene Faser sein konnte?

War einem der Jugendlichen ein besonders verklemmter Zeitgenosse in der Gruppe bekannt oder jemand, der Zündholzbriefe sammelte?

Gab es einen Vater, der für den Abend der Feier kein Alibi hatte?

Passten die Reifenabdrücke zu einem der zu überprüfenden Wagen?

Für die Überprüfung aller Haushalte wurden zwei Tage benötigt. Ein Anorak des gesuchten Typs wurde nicht gefunden. Keiner der Jugendlichen wollte sich auf einen besonders verklemmten Mitschüler festlegen.

Auf mehrfaches Hinterfragen kamen eine junge Frau und ein junger Mann als die »Trottel des Jahrgangs« ins Spiel. Der junge Mann war erst gar nicht zur Feier gekommen. Er lag mit fast 40 Grad Fieber mit Grippe im Bett, er war eben ein Unglücksrabe, aber damit als Verdächtiger aus dem Rennen. Die Ermittler hatten Fotos von den Reifenprofilen dabei. Mit ihnen überprüften sie die vorgemerkten Pkws. Auch hier gab es leider keinen Treffer. Nur in einem Fall war der Vater nicht zu Hause gewesen. Sein Alibi war aber genauso sicher. Er konnte den Nachweis erbringen, dass er mit einem Geschäftsfreund zum Nachtessen in Düsseldorf war. Dort war er auch über Nacht geblieben und kam erst am nächsten Vormittag nach Köln zurück. Alle Spuren waren wieder im Sand verlaufen.

# Eine trostlose Trauerfeier

Claudias Bestattung stand bevor. Ihre Eltern hatten für den Trauergottesdienst die würdige Abteikirche in Brauweiler ausgesucht. Auf dem Friedhof in Brauweiler hatten sie auch eine Familiengrabstätte erworben, die nach dem Gesetz der Wahrscheinlichkeit eigentlich zuerst für sie selbst gebraucht werden sollte. Doch nun war es anders gekommen. Sie hatten in ihrer Verbitterung einige schwerwiegende Entscheidungen getroffen. Sie erwarteten zu Recht eine große Trauergemeinde. Die Lehrerschaft des Gymnasiums hatte angefragt und auch die Mitschüler waren willens, dabei zu sein. Nach dem Willen von Margot und Hans Faller sollte das aber nicht für die Beisetzungszeremonie gelten. Die gedachten sie im engsten Familienkreis durchzuführen. Das bedeutete, dass sie als Eltern hinter dem Sargwagen allein herlaufen würden. Diese Entscheidung war in der Verbitterung gegen jedermann gefallen, der in ihren Augen nicht alles getan hatte, des Mörders habhaft zu werden oder gar Claudia vor dem grausamen, frühen Tod zu retten. Die Teilnahme der vielen Menschen an der Trauerfeier ließ sich hingegen schlecht unterbinden.

So versammelte sich dann auch eine stattliche Trauergemeinde auf dem Platz vor der Abteikirche, um Claudia das letzte Geleit zu geben. Nahezu die gesamte Zahl ihrer Schulkameraden war anwesend, genau wie die Lehrerschaft. Claudias Mutter hatte ihre von Tränen geröteten Augen hinter einer übergroßen Sonnenbrille versteckt. Das Gesicht von Hans Faller war nahezu leblos. Durch leichte Bewölkung drangen immer mehr Sonnenstrahlen, als die Glocken der Abteikirche zum Gottesdienst riefen. Nach dem Sonnenschein draußen brauchte es einige Minuten, sich an das Dämmerlicht im Inneren der Kirche zu gewöhnen.

Der Gottesdienst war kurz und nichtssagend. Anscheinend hatte der Pfarrer Claudia nicht gekannt, und ihre Eltern hatten nicht die Kraft aufgeboten, ihn genügend zu briefen. Der Vikar las einen tröstlichen Psalm vor: »Denn wir wissen, dass, wenn unser irdisches Haus, die Hütte, zerstört wird, wir einen Bau von Gott haben; ein Haus nicht mit Händen gemacht, ein ewiges in dem Himmel.« (2. Korinther 5,1) Trotzdem klang es wie das Ablesen einer Reklamebotschaft. Dem Geistlichen fehlte jede Empathie.

Notgedrungen ließen die Eltern das Kondolieren über sich ergehen. Erleichtert waren sie erst, als sie allein in ihrem Wagen zum Friedhof fuhren.

Das Paar wirkte völlig apathisch und war sich seiner schrecklichen Einsamkeit gar nicht bewusst, als es dort hinter dem Sargwagen einherlief, der als Einziges etwas Schönes ausstrahlte, denn er war mit vielen bunten Kränzen behangen. Sie selbst hatten einen großen Kranz aus roten Rosen ausgewählt. Mit einer Hand voll Rosenblättern, die langsam und lautlos in die offene Gruft auf den Sarg schwebte, verabschiedeten sich die beiden von dem geliebten Kind. Die letzten segnenden Worte des Pfarrers hatten sie kaum wahrgenommen, genauso wenig wie Christian Matzke, der hinter einem großen Grabstein verborgen die Grablegung verfolgt hatte, ohne jemand Verdächtigen zu sehen.

Nach einem kurzen Handdruck mit dem Vikar gingen die Fallers zügig zum Wagen zurück und fuhren zu ihrem Haus, das zunehmend ein Bollwerk gegen die Berührung mit anderen geworden war. Umso schrecklicher war, dass sie sich selbst nicht einmal mehr zur Seite stehen konnten. Sie waren beide im wahrsten Sinne des Wortes einsam und allein.

# Absturz der Familie Faller

Die erfolglose Auswertung aller Spuren im Fall Schneewittchen führte dazu, dass die Fahndung erneut ins Stocken geriet. Dagegen half auch nicht die ununterbrochene Intervention von Hans Faller. Diese Umstände führten bei dem Ehepaar zu noch stärkeren Verhaltensänderungen Hans Faller zeigte sich in seinem Berufsleben antriebslos. Doch bei der Recherche um den Verbleib seiner geliebten Tochter war er getrieben und reagierte aggressiv. Die Mahnung des Kommissars: »Finden Sie Ruhe, und sorgen Sie dafür, dass Ihnen Ihr eigenes Leben nicht entgleitet«, fruchtete nicht. Fast in jeder Nacht waren die Geister draußen und ließen ihn von Schneewittchens Mörder träumen. Er sah ihn nur von hinten, und das auch noch verschwommen. Wenn der Unhold sich gerade umdrehen wollte, erwachte Hans Faller schweißgebadet und blinzelte sich langsam in die Wirklichkeit zurück. Selbst wenn er im Bett liegen blieb, um noch etwas zu schlafen, hörte sein Gehirn nicht auf, Zwiesprache zu halten. Hans Faller setzte sich ständig unter Leistungsdruck. Er lebte in der Angst, seine eigenen Ansprüche in sich zur Rettung von Claudia nicht erfüllen zu können. Das war wie eine große Niederlage und führte ihn in einer Abwärtsspirale. Seine Schlaflosigkeit erhöhte deren Geschwindigkeit. Therapeutische Hilfe suchte er nicht, aber er las Artikel zur Konfliktbewältigung. Ein vorgeschlagener Ausweg aus dem Dilemma schien ihm plausibel und er praktizierte ihn. Er begann alles aufzuschreiben, was ihm sowieso ins Gedächtnis hineingebrannt war. Mit dem Schreiben hatte er das Gefühl, seinen Kummer auszuschütten. Da täglich neuer Kummer hinzukam, wirkte es wie die Entleerung eines fiktiven Kummerkastens. Seine Niederschrift wirkte aber immer nur kurzzeitig befreiend. Mit dem »Weiter so« ohne professionelle Hilfe betrieb er Raubbau an seinem Körper und seiner Psyche.

Er wurde selbst so schwach, dass er seiner Frau Margot keine Hilfe sein konnte. Ihr ständiges Trinken machte eine solche Hilfe dringend notwendig. Sie trank, weil sie sich allein an allem die Schuld gab, was Claudia passiert war. Der viele Alkohol machte ihren Körper immer fragiler. Sie hatte die Trauer in ihm festgehalten wie in einem Verlies und sie immer wieder in Alkohol, vornehmlich Rotwein, versenkt.

Für Margot Faller war das Trinken zur Notwendigkeit geworden, und es war ihr nicht mehr möglich, ohne Alkohol auszukommen. Das Verlangen war stärker als der Rest an Vernunft. Hatte das Trinken zunächst im Verborgenen stattgefunden, so betrieb Margot es inzwischen öffentlich. Da der Alkoholabbau bei Frauen weit langsamer verlief als bei Männern, war Margot Faller schnell betrunken und blieb es auf hohem Niveau. Frauen haben eben mehr Fettgewebe als Männer, das ist weniger durchblutet als das restliche Gewebe. Der Alkohol verteilt sich auf weniger Flüssigkeit im Körper, er wird nicht so stark wie beim Mann verdünnt. Zudem blieb der reine Alkohol länger im weiblichen Körper als in dem des Mannes, weil bei ihr der Alkoholabbau durch Enzyme erst im Darm begann, anders als beim Mann, bei dem das bereits im Magen geschah.

Anfänglich hatte Hans Faller versucht zu mahnen:

»Es gibt Hilfe in deiner Situation.« Die rüde Zurückweisung war nicht ausgeblieben: »Du in deinem Zustand kannst mir nicht helfen.«

»Professionelle Hilfe meinte ich. Du kannst deine Liebe zu Claudia nicht in Alkohol ertränken. Alkohol konserviert.«

Sein Widerwort schürte nur den Widerstand: »Einen Seelendoktor? Die spinnen doch alle nur rum.«

Hans Faller fiel resigniert in dumpfes Schweigen oder reagierte mit Aufbrausen und Wutanfällen. Er kam zu dem Schluss, sie hatten als Ehepaar Probleme zu lösen, die sie jeder für sich allein gar nicht gehabt hätten.

Seine Depression ging bald einher mit körperlichen Schmerzen. Er verspürte Rückenschmerzen, hatte plötzlich Atemnot und Beklemmungsgefühle. Manchmal dachte er auch an Suizid. Alles, was einmal war, war nicht mehr. Seine Ehe kam ihm mittlerweile wie ein Todesurteil vor, das über viele Monate hin vollstreckt wurde. Tiefen Hass empfand er gegenüber dem Kommissar. Der hatte sich doch längst mit dem Tod von Claudia abgefunden. Für ihn war seine Tochter doch schon lange nur noch Statistik.

# Kommissar Christian Matzke will nicht aufgeben

Aber Hans Faller irrte sich. An Kommissar Christian Matzke ging diese Entwicklung nicht einfach vorbei. Erst kamen Gerüchte über das Leid der Fallers an sein Ohr. Dann bekam er es selbst zu sehen und zu hören, als Hans Faller erneut im Revier vorstellig wurde. Der Kommissar litt mit ihm wie ein geprügelter Hund.

Er verspürte Schuldgefühle, warf sich vor, er habe mit seiner Ermittlung versagt. Auch wenn der Fall Schneewittchen für die Öffentlichkeit immer kälter wurde, zumindest fast ruhte, beschäftigte er ihn insgeheim ständig weiter.

Selbst in seiner Freizeit gab es immer wieder Anstöße, die ihn an den Fall Schneewittchen erinnerten. Manchmal war es ein schwarzhaariges Mädchen mit blassem Teint und großen dunklen Augen, welches ihm wie eine Mahnung über den Weg lief. Oder ein Betrunkener, der ihm auf der Straße entgegentorkelte und die unglückliche Margot Faller vor seinem inneren Auge sichtbar machte. Das nächste Mal war es eine Berichterstattung über einen gelösten Fall, die ihn aufrüttelte, mit dem Fall Schneewittchen das Gleiche zu erreichen. Der Cold Case blieb für ihn immer warm! Aber sein schlimmster Gedanke war, dass die Begegnung zwischen dem Mörder und Claudia rein zufällig stattgefunden hatte. War das der Fall, dann gab es keine Ansätze für eine Lösungssuche. Dann stand er vor dem Suchen nach einer Nadel im Heuhaufen. Christian Matzke wusste nicht, wie nahe er mit dieser Überlegung der Wirklichkeit kam.

Am Abend zog er sich in die Musik zurück. Er hörte Mozarts Klavierkonzert Nummer 1 von seinem Lieblingspianisten Murray Perahia.

Am nächsten Morgen war der Kommissar mit neuer Entschlussfreudigkeit aufgewacht und schnell in sein Büro geeilt. Er wollte nicht vor einer Nadel im Heuhaufen verzweifeln. Er kam vielmehr zu einem neuen Denkansatz:

Ich brauche einen neuen Blick auf die Dinge. Er wollte aus allen vorliegenden Informationen ohne jegliche Vorfestlegung das Täterverhalten ermitteln.

Ohne Hast stand er von seinem Schreibtischstuhl auf und kreiste eine Runde mit langsamen Schritten durch den Raum. Wie immer, wenn er so nachdachte, hatte er seine Hände auf dem Rücken verschränkt und seinen Kopf nach unten gesenkt. Er glaubte fest daran, dass auf diese Weise seine grauen Zellen besser durchblutet würden und er am effektivsten Überlegungen anstellen konnte. Zügig rekapitulierte er die ersten Feststellungen:

Bei dem Täter handelte es sich unzweifelhaft um einen Mann. Der hatte am Tatort Spermaspuren hinterlassen.

Nach längerem Überlegen sah der Kommissar in dem Sperma den einzigen gesicherten Hinweis auf das Tatmotiv.

Der Mann tötete aus sexueller Lust und fand Befriedigung in dem Mord, **Er** konnte sich einer Frau anscheinend nicht anders nähern.

Der Täter war schüchtern, geradezu verklemmt und bestimmt kein George Clooney. Die tödliche Form der Zuwendung schien für ihn die einzige Möglichkeit des Umgangs mit einer Frau zu sein.

Nur so konnte **Er** dominant sein und die Situation und die Frau beherrschen.

Der Täter mordete nicht spontan, **Er** ging nach einem Plan vor. Für die eingetretenen Ereignisse bedeutete das: **Er** wusste entweder genau, wo die Gruppe im Stadtwald feierte und hatte genaue Vorstellung, welcher Heimweg für sein Opfer der wahrscheinlichste war.

Oder **Er** hatte einfach ausgeforscht, dass der Weg, den Claudia in der Nacht ging, oftmals abends spät begangen wurde, und das auch von Frauen.

Um die gewünschte Erregung wirklich zu finden, wartete der Mörder dort im ersten Schritt auf eine Frau.

Wenngleich Matzke nicht bestimmt sagen konnte, nach welchem Kriterium Claudia ausgewählt wurde, ob vielleicht nur bedeutsam war, dass sie als Erste vorbeikam, entschied sich der Kommissar für eine andere These, nämlich dafür, dass der Täter eine junge, attraktive Frau als Opfer ersehnte und auf einen Typ wie Claudia gewartet hatte.

Die Stelle des ersten Zusammentreffens war für den Mörder als Tatort nicht einsam genug gewesen. Dafür hatte **Er** speziell einen sicheren, geeigneten, einsamen Ort gesucht und gefunden.

Die getroffene Wahl, einschließlich der Wahl des Parkplatzes für die Anfahrt, ließ Ortskenntnis erkennen.

Christian Matzke individualisierte nun noch einige Spuren und ordnete sie so dem Täter zu. Sicher war die Zuordnung der Spermaspur und der Fasern vom Anorak.

Die Urinspur, den speziellen Abdruck der Schuhsohle und die Kippe nahe dem Tatort ordnete er mit einer hohen Wahrscheinlichkeitsstufe ebenso zu.

Ein Gedanke kam ihm plötzlich noch in den Sinn: Es gab als Erkennungsmerkmal durchaus noch die Möglichkeit, dass der Mörder als Opfer selbst zum Täter wurde. Vielleicht war er selbst stark gequält worden. Aber Matzke verwarf die These schnell wieder. Menschen, die verletzt wurden, gaben das Verletzen längst nicht immer weiter. Viele von ihnen wurden sogar besonders warmherzig und freundlich.

Gegen seine These sprach auch, dass Claudias Mörder mit der Tat die sexuelle Befriedigung durch Mord suchte. **Er** selbst aber konnte einem Mörder kaum zum Opfer gefallen sein, um danach zum Nachahmungstäter zu werden.

Der Kommissar fasste die Kette seiner Mutmaßungen nochmals in Worten zusammen:

Ein Mann fand Befriedigung beim Mord an einer jungen, attraktiven Frau.

**Er** suchte erfolgreich nach einem geeigneten Platz, ein solches Opfer zu finden.

Der Tatort musste sicher und einsam sein. Deshalb fand die Tat nicht nach dem ersten Kontakt statt.

Der Mörder wählte einen speziellen Tatort aus.

Beide Orte wiesen auf Planung und Ortskenntnis hin.

Die Spermaspur gab dem Mord die Note eines Sexualdeliktes. Der gesuchte Mörder war ein kranker, sadistischer Scheißkerl, schüchtern, verklemmt und wahrscheinlich unscheinbar. **Er** leugnete seine Realität im normalen Leben und versteckte alles hinter einer schützenden Fassade aus Unnahbarkeit.

Christian Matzke machte sich noch Gedanken über den Rückzugsort des Mörders. Da er Ortskenntnis bewiesen hatte, kam der Kommissar zum Schluss, dass sein Rückzugsort das vertraute Umfeld sein würde. In diesem Bereich wollte er ihn suchen, einen Mann, der sich dort auskannte, ohne aufzufallen zwischen den Mitbewohnern lebte, sich nichts zu Schulden kommen ließ und eher schüchtern auftrat.

Das Phantombild hatte sich weg vom Verdächtigen aus der Gruppe der ehemaligen Schüler hin zu einem ganz normalen Fremden gewandelt, der auf den ersten Blick keinen Zusammenhang zum Opfer aufwies.

Christian Matzke beschloss, seine weitere Fahndung auf eine solche unbekannte Person auszurichten.

# Ein Mörder bleibt im Verborgenen

**Er** wohnte bescheiden in einer Souterrainwohnung im elterlichen Haus. Sie bestand aus zwei Zimmern, Küche und Bad und war recht dunkel. Ein tiefgrauer Teppichboden machte die Kellerwohnung noch dunkler. Die Räume waren beklemmend unpersönlich.

**Er** hatte zum Glück einen eigenen Eingang, umso mehr ärgerte **Er** sich, dass sein Vater auf einem Zweitschlüssel bestand. Der Alte hielt ihn für faul und schlecht und wollte wenigstens mit dem Schlüssel zum Ausdruck bringen, dass er der Herr über seine Wohnung war. In Wirklichkeit machte er von dem Schlüssel keinen Gebrauch. **Er** ekelte sich vor den dunklen, unordentlichen Räumen, den verschossenen, muffig riechenden Sofakissen, die monatelang nicht aufgeschüttelt worden waren.

Der Mörder dämmerte ruhelos vor sich hin, denn **Er** glaubte zu verspüren, dass seine Häscher an der Sache dranbleiben und alles tun würden, ihn zu überführen. Dabei kam eine Wut in ihm auf, die sich gegen alles und jeden richtete. Sein Körper antwortete mit einer heftigen Reaktion, sein Magen zog sich zusammen. In diesem Zustand beschloss **Er**, eher Selbstmord zu begehen, als sich festnehmen zu lassen. Das schien ihm dagegen seine letzte Option zu sein.

Natürlich quälte ihn immer wieder die Lust, seine Tat zu wiederholen. Es war schließlich alles glatt gelaufen und dabei so schön gewesen. Doch daran hinderte ihn die Angst vor der Entdeckung. **Er** hatte deshalb für sich und seine Lust ein weniger prickelndes Substitut gefunden, auch wenn es ihm nicht den gleichen Lustgewinn bereitete. Es war zwar gefügig, völlig ergeben, aber es zeigte leider keine Angst:

In seinem Schlafzimmer hatte **Er** hinter dem Kleiderschrank eine täuschend echt gemachte lebensgroße weibliche Gummipuppe versteckt. **Er** hatte sie von einem Ferienaufenthalt im Ausland mitgebracht. Sie hatte schwarze Lackstiefel an, die bis zu den Oberschenkeln reichten. Wenn sie aufgeblasen war, standen auf ihrem üppigen Busen die Knospen hervor. Sie war in seinen Augen ein sündiges Wesen und gehörte bestraft.

Um den Hals hatte **Er** ihr eine Hundeleine gebunden, an der **Er** sie an einem Haken an der Decke befestigen oder auch durch die Wohnung ziehen konnte. Das waren die einzigen brutalen Kontakte, die **Er** sich für den Moment im Umgang mit dem weiblichen Geschlecht gönnte.

Nur mit Claudia, die in der Zeitung Schneewittchen genannt wurde, war **Er** darüber hinaus gegangen und hatte vollständige Lust erfahren. **Er** lechzte danach, so etwas zu wiederholen, aber die Unruhe, die seine Tat aufgelöst hatte, ängstigte ihn noch immer und hielt ihn davon ab.

Ein schwarzes Korsett mit Spitzenbesatz war der Puppe fest um den Leib geschnürt, und die Strapse daran hielten schwarze Netzstrümpfe. Alle Kleidungsstücke waren schwarz, wie das Haar von Schneewittchen.

Seine alte Mutter wäre in ihrer kleinbürgerlichen Art sehr erschrocken, hätte sie jemals dieses ungewöhnliche Spielzeug gesehen, mit dem sich ihr Sohn in seiner Freizeit zu Hause verlustierte. Aber nach vielen Streitereien mit ihm hatte sie sich damit abgefunden, das Reich des Sohnes nicht zu betreten. Anders als ihr Mann, war sie froh, wenigstens ein bisschen dafür sorgen zu können, dass **Er** einigermaßen ordentlich lebte. Sie nutzte jede Gelegenheit, ihm etwas zuzustecken und etwas Gutes zu tun. Sie wusste, dass **Er** ein Eigenbrötler ohne Freunde war und hatte Angst, ihn ganz zu verlieren, wenn sie ihm die schon als Kleinkind eingeforderten Freiräume nahm.

Wenn **Er** nichts zu tun hatte, saß **Er** draußen in der abgeteilten Gartenecke gerne auf einem alten Gartenstuhl und grübelte. Hier fühlte **Er** sich, als habe **Er** eine Mauer um sich und wäre unerreichbar.

Wenn die Aggressivität in ihm anwuchs, köpfte **Er** blühende Pflanzen, um sich abzureagieren. Den Aggressionstrieb seiner Kindheit hatte **Er** nie ablegen können. Immer noch fiel es ihm schwer, seine Ängste in Schach zu halten, und **Er** verspürte, dass die Angst viele Gesichter haben konnte. Wenn **Er** wütend wurde, hatte **Er** fast immer auch Angst. **Er** bemühte sich um Gelassenheit. Dass dies nicht gelang, merkte **Er** daran, wenn das Zittern seiner Hände nicht aufhörte und sein Blick unstet umhereilte. Es half auch nichts, wenn **Er** stur durch etwas hindurchsah. Manchmal suchte **Er** auch Ablenkung darin, mit seinem alten Wagen durch die Gegend zu fahren, um sie nach geeigneten Orten für eine so sehr gewünschte weitere Tat abzusuchen. Diese Anstrengungen blieben aber bis auf Weiteres ohne Folgen. Insgeheim erklärte **Er** diese Bemühungen sogar als unsinnig. **Er** wusste doch eine Stelle, wo **Er** einem Opfer bestens auflauern konnte und ebenfalls einen Ort für sein Sterben. Was sollte also dieses hektische Treiben?

# Kommissar Christian Matzke sucht das Gespräch mit Kontaktpersonen der Einwohner von Königsdorf

Der Fall war von oben für kalt erklärt worden. Nun würde er heimlich als Einzelkämpfer arbeiten müssen, denn der Kommissar war nicht bereit, der Order zu folgen. Ein Versprechen und sein eiserner Wille banden ihn, die Auflösung des Falles zu betreiben. Er hoffte, genügend Zeit für diesen Alleingang zu haben. Bisher sah es gut aus. Zurzeit war es ruhig in der Abteilung. Die meisten seiner Kollegen ordneten Unterlagen und legten sie ab. Das konnte sich jedoch schnell ändern. Auf jede Ruhepause folgte eine neue Sturm- und Drangzeit.

Eines war klar, er musste seine Arbeitskraft optimal einteilen. Sonst konnte er allein keine Wirkung erzielen. Er entschloss sich, den Rückzugsort des Mörders zunächst nur in Königsdorf zu suchen. An entsprechende verklemmte Typen heranzukommen, glaubte er am ehesten zu erreichen, indem er wichtige Kontaktstellen im Ort nach ihnen befragte.

Er dachte dabei zunächst an den Bäcker, den Metzger, den Blumenladen, den Tankstellen- sowie den Supermarktbetreiber, aber auch an den Bahnbeamten im Bahnhof. Diese Dienstleister waren allesamt Anlaufstellen für die gesamte Bewohnerschaft des Ortes. Das traf damit auch für den Typus Mensch zu, den er suchte: einen kranken, sadistischen Scheißkerl, schüchtern, verklemmt und wahrscheinlich unscheinbar.

Matzke hatte sich schon Gedanken gemacht, wie er vorgehen wollte. Die Gespräche mussten in freundschaftlicher Stimmung beginnen. Da er alle Geschäfte kannte und schätzte, schien ihm das am ehesten möglich in Verbindung mit einem kleinen Einkauf. Beim Metzger hatte er immer schon mal für den kleinen Hunger die fleischwurstartige Krakauer mit einem Brötchen gekauft. An den Tagen, an denen es Himmel und Äd gab, Kölsche Blutwurst mit gerösteten Zwiebeln, Kartoffelpüree und Apfelkompott, aß er dort auch gerne zu Mittag. Ein schneller Kauf heute würde also ein Wurstbrötchen sein.

Als der Kommissar eintrat, wurde er vom Chef freundlich gegrüßt: »Unser Schwein können Sie nicht mehr verhaften, das habe ich in den Morgenstunden bereits geschlachtet. Es wird schon verwurstet. Sie wissen ja, der frühe Vogel fängt den Wurm.« Er lachte dröhnend über seinen »tollen« Witz. Christian Matzke stimmte mit ein. Die gute Stimmung sollte bestehen bleiben.

»Was haben Sie heute denn für einen besonderen Wunsch, oder soll es das übliche Krakauer-Brötchen sein?«, fragte der Fleischer und deutete mit seiner Fleischgabel auf den Wurstring.

»Sie haben mich erwischt, Sie kennen meine Schwäche für Ihre Krakauer, aber heute bin ich auch noch in anderer Sache hier, in der Sie mir hoffentlich helfen können.«

»Das ist doch klar,
Herr Kommissar,
Sie können mit Vergnügen
über mein gesamtes Wissen verfügen.«
Diesmal lachte er dröhnend über sein Gedicht.

Christian Matzke schob noch eine gehörige Portion Schmeicheln nach: »Ich weiß, was für eine wichtige Kontaktadresse Ihr Geschäft hier im Ort ist. Ich hoffe, Sie können mir bei den Ermittlungen im Fall Schneewittchen helfen. Es versteht sich natürlich von selbst, dass das unter das Siegel der Verschwiegenheit fällt.«

»Um was geht es denn, mein Lieber?«

»Wir stochern bei der Suche nach dem Mörder nun schon länger im Dunkeln. Es gibt lediglich Zeichen, dass er hier in der Region lebt. Wie wir vermuten, lebt er allein und ist eher ein schüchterner, verklemmter Kerl. Ist Ihnen jemand bekannt, der auf dieses Personenbild passt?«

»Da lassen Sie mich mal überlegen. Solche Vögel gibt es doch überall, also bestimmt auch hier. Ich muss nur darauf kommen. Anne, schenk uns mal zwei Kaffee ein. Koffein belebt das Gehirn«, wandte er sich an seine Ladenhilfe, die von der Wursttheke her neugierig zugehört hatte. Sie fühlte sich nun beim Lauschen ertappt, reagierte aber sofort.

»Zuallererst denke ich an unseren Dorfdepp, Jupp Schäfer. Der ist so, wie Sie Ihren Mann beschrieben haben, schüchtern und verklemmt. Er wohnt in einer Kellerwohnung bei einer alten Frau, direkt gegenüber dem Bahnhof. Tagsüber ist er jedoch immer auf Arbeit.«

»Das trifft sich gut, ich will in gleicher Sache noch zum Stationsvorsteher. Dann versuche ich kurz nach Dienstschluss beides zu erledigen.«

»Schäfer scheint mir auch der Einzige, der passen könnte. Er ist jung und stark genug. Die anderen, die mir einfallen, sind alle zu alt. Die hat das Alter schon seltsam gemacht, aber sie sind zu schwach für eine so schreckliche Tat. Im Übrigen haben wir in Königsdorf unter den Alleinstehenden Frauenüberschuss. Die Männer sterben eben früher weg, sie sehen das ja bei mir. Meine Frau ist auch schon drei Jahre unter der Erde.«

Das Wortgeplänkel fand bald ein Ende. Christian Matzke, war skeptisch, dass er nun den Richtigen am Haken hatte. Aber es kam nichts mehr nach. Er erstand ein belegtes Brötchen, bedankte sich überschwänglich und ging.

Die nächste Anlaufstelle auf seinem Weg war eigentlich die Bäckerei Boden. Doch er fühlte sich nicht wohl in seiner Haut, jetzt dort vorstellig zu werden. Er hatte das Wurstbrötchen in der Papiertüte noch in der Hand und wusste genau, dass es bei Boden Vergleichbares zu kaufen gab, nach seinem Geschmack nur nicht so lecker. Bei seiner Befragung wollte er mit dem Brötchen nicht unangenehm auffallen. Dort gab es zwar herrliche Rosinenschnecken mit Marzipan. Doch nach dem Brötchen wollte er nicht noch einmal sündigen. Er verschob deshalb den Besuch auf den nächsten Tag.

Die Tankstelle passierte er als Nächstes. Dort konnte er jetzt ruhig vorbeischauen, die hatte den Verkauf von frischen Lebensmitteln aufgegeben.

Wahrscheinlich war sie der Konkurrenz zur Metzgerei nicht gewachsen gewesen. Er war dort jedenfalls gut bekannt, sie betankten bei der Station die Dienstwagen und auch oftmals ihre privaten Pkws.

Erwin Rohde empfing ihn mit freundlichem Hallo, obwohl er dieses Mal ohne Wagen kam.

»Ich komme nach dem Dienstschluss zum Tanken vorbei, aber jetzt habe ich eine Frage an Sie und hoffe, Sie können mir helfen.« Christian Matzke schilderte seine Nachfrage in bewährter Form und traf auf große Hilfsbereitschaft. Man hörte fast, wie intensiv Herr Rohde nachdachte. Der Kommissar musste lauthals lachen, als auch ihm als erster Name Jupp Schäfer in den Sinn kam. An dem Jüngling musste wirklich etwas dran sein. Er schilderte Herrn Rohde die Beschreibung des Metzgers und bekam das Lachen mit gleicher Münze zurück. Doch dann wurde Rohde wieder ernst. Es stand ihm förmlich ins Gesicht geschrieben, dass er noch eine zweite Option hatte.

Er begann ganz aufgeregt: »Da wohnte mal gegenüber von der Einfahrt in die Sebastianusstraße im Keller seines Elternhauses ein junger Kerl, auf den passt Ihre Beschreibung wirklich. Er war eine kleine Kellerassel, graugesichtig, scheu und kontaktarm. Ich bekam ihn nur vor die Augen, weil er ab und zu mit seiner alten Schrottlaube bei mir tankte. Wir kamen dabei nie ins Gespräch. Er war schneller wieder fort, als er kam. Ich habe ihn allerdings schon länger nicht mehr gesehen. Vielleicht wechselte er ja sogar die Tanke, um mit mir nicht warmzuwerden. Sein Vater tankte kürzlich hier, und da habe ich ihn nach dem Sohn gefragt. Aber auch er war kurz angebunden und meinte: ‚Der arbeitet jetzt in anderen Städten auf Großbaustellen‘, einen Anruf dort könnte ich Ihnen also vorschlagen, aber bei dieser Familie erschien er mir nicht erfolgversprechend.«

Christian Matzke nickte zustimmend.

»Dann kann ich Ihnen wohl mit nichts dienen.« Rohdes Gesicht zeigte echtes Bedauern.

»Dann bleibt mir heute wohl die Bekanntschaft mit einem Mörder erspart, danke für Ihre Mühe. Bis nachher, beim Tanken!«, erwiderte Christian Matzke und marschierte enttäuscht über den ausgebliebenen Erfolg

Richtung Dienststelle. Dort wollte er bis zu seinen Abendterminen den Kollegen bei der Ablage helfen. Er wurde dort mit kleinen Sticheleien begrüßt, weil er nicht von Anfang an mitgeholfen hatte. Er nahm das gelassen hin. Die Erfahrung sagte ihm, dass mit Schweigen die versteckten Kritiken am schnellsten ein Ende fanden.

Gegen 18:00 Uhr machte er sich auf, Richtung Bahnhof. Die Halle war, entgegen seinen Erwartungen, sehr leer. Er hatte nicht auf dem Schirm, dass sie sich in der Ferienzeit befanden. Viele Bewohner hatten ihren Urlaub genommen. So traf er am Schalter auf einen gelangweilten Beamten, der nichts zu tun hatte. Er erlebte aber eine weitere Überraschung: Der Mann war ihm unbekannt. Er sah ihn zum ersten Mal dort.

Er stellte sich vor und fragte ohne Umschweife seine Fragen ab. Für einen Moment blitzten die Augen des Beamten auf. Er hatte endlich etwas zu tun! Doch dann wurde sein Gesichtsausdruck direkt wieder dumpf. Er antwortete Matzke mit enttäuschter Stimme: »Herr Kommissar, wie gerne würde ich Ihnen helfen. Aber ich bin hier als Ferienvertretung und kenne nahezu niemanden im Ort. Ich bedaure sehr, dass ich Ihnen keine Hilfe sein kann. Die Stammbesetzung ist noch drei Wochen im Urlaub.«

Christian Matzke sah für heute seine letzte Hoffnung schwinden, denn von dem Dorftrottel, den er noch auf dem Zettel hatte, versprach er sich auch nicht viel. Er bedankte sich knapp und machte sich zu Jupp Schäfer auf den Weg.

Er hatte endlich ein erfreuliches Erlebnis. Jupp Schäfer war zu Hause. Er musterte den jungen Mann voll Pessimismus. Sein erster Eindruck entstand innerhalb einer Zehntelsekunde.

Aussehen und Auftreten erweckten den Eindruck, dass Jupp Schäfer seinen Spitznamen Dorfdepp zu Recht trug. Schließlich konnte er aber für die Woche, in der Claudia Faller ermordet wurde, auch noch ein bombensicheres Alibi vorlegen. Er lag zu der Zeit im Marienkrankenhaus Frechen, frisch operiert an einem Furunkel am After. Christian Matzke beschloss den Arbeitstag mit Tanken und war ziemlich frustriert.

Der erste Tag der Recherche war vorbei. Er schimpfte schon im Wagen vor sich hin über die verlorene Zeit. Stundenlang hatte er sich höflich die banale Ratlosigkeit seiner Gegenüber angehört.

Nachts lag er erschöpft in seinem Bett. Er hatte noch eine halbe Flasche Roten von der Ahr getrunken, um abzuschalten. Doch immer noch kreisten Gesprächsfetzen von seiner erfolglosen Tagestour durch seinen Kopf. Hatte er irgendetwas Wichtiges überhört? Er konnte erst einschlafen, als er sich damit getröstet hatte, dass es am nächsten Tag besser laufen konnte. Die Bäckerei, den Blumenladen und den Supermarkt wollte er auf jeden Fall noch besuchen.

Christian Matzke fing mit dem Blumenladen an. Ella Bader, die junge Besitzerin, empfing ihn sehr freundlich. Doch als sie seine Wünsche hörte, konnte sie sich ein Lächeln nicht verkneifen. »Ich gehe jede Wette ein, solche tumben Männer kaufen keine Blumen. Ich habe es mit Normalos zu tun, Schöngeistern, Liebenden, aber auch Angebern.« Ihre kurz und prägnant aufgezählten Typenbezeichnungen überzeugten den Kommissar.

Zum guten Schluss hatte sie doch noch ein Bonbon für ihn: »Ich habe mal einen Austräger beschäftigt, der kam Ihren Vorstellungen recht nahe. Er war dämlich und roh, ungepflegt und ein Eigenbrötler. Ich musste mich von ihm trennen, weil er meine Kunden unhöflich behandelt hat. Außerdem konnte er die Ware nur mit dem Fahrrad ausfahren, er besaß keinen Führerschein und konnte damit unseren Firmenwagen nicht fahren. Seine Anstellung dauerte nicht einmal einen Monat.«

Der fehlende Führerschein gab dem Ganzen den K.-o.-Schlag. »Wie Sie vielleicht gelesen haben, hat der von mir gesuchte Mörder sein Opfer an den Tatort hingefahren, nachdem er es woanders gekidnappt hatte. Mir scheint, mir klebt das Pech an den Sohlen.«

»Geben Sie bitte nicht auf. Auch ich werde für Sie die Augen offenhalten und Sie sofort informieren, wenn mir was unterkommt. Ich weiß ja, wo Sie arbeiten.«

Das bisschen Optimismus, mit dem er begonnen hatte, war schon nach dem ersten Versuch verflogen. Er verabschiedete sich still und enttäuscht. Ella Bader hatte Mitleid mit ihm.

Die Bäckerei hob er sich für den Schluss auf. Morgens früh wurden viele Brötchen gekauft, und er sah schon von Weitem die Schlange vor der Ladentür. Er ging zum Supermarkt. Dort wollte er auf jeden Fall mit zwei Personen sprechen: dem Geschäftsführer, aber auch mit der älteren Kassiererin.

An der Kassiererin kamen schließlich alle Kunden irgendwann einmal vorbei, und sie konnte deren Eigenarten gut erkennen. Es gab Umständliche, welche, die nicht rechnen konnten oder sehr lange brauchten, um in die Gänge zu kommen. Auch an den Nahrungsmitteln, die sie kauften, konnte man sehen, welcher Gattung Mensch sie angehörten. War alles eingeschweißt und in Plastik verpackt, dann waren es Umweltsäue. War viel Zucker und Fett verarbeitet, kauften sie überhaupt nur Fertigprodukte und solche mit vielen chemischen Zusatzstoffen, wies dies auf eine schlechte Kinderstube hin. Inge Schrader registrierte das so gut und sicher, wie ihre Registrierkasse es mit den Einnahmen tat. Zudem wohnte sie in Königsdorf.

Der Geschäftsführer des Ladens gehörte zu den Meinungsbildnern am Ort. Er war Mitglied in mehreren Vereinen, Vorsitzender des örtlichen Karnevalsvereins und hatte seine Nase in allem drinstecken. Von den beiden versprach sich der Kommissar am ehesten einen guten Hinweis. Doch zum guten Schluss war auch hier die Ausbeute eher gering. Da gab es einen ehemaligen Hilfsschüler, der im Gartenbau arbeitete, einen Mitarbeiter der Müllabfuhr, einen Friedhofsgärtner sowie einen Waldarbeiter, der im Villeforst malochte. Sie schienen seinen Vorstellungen nahe zu kommen. Christian Matzke schrieb sich ihre Namen, und soweit möglich, ihre Adressen auf. Denen wollte er auf jeden Fall auf die Finger schauen.

Der Besuch in der Bäckerei wurde zum Null-Summen-Spiel. Er machte danach für den Tag Schluss.

Am nächsten Morgen übergab der Kommissar die Namensliste der Männer, die er verhören wollte, dem Sekretariat und bat darum, die Aufgelisteten für den nächsten Tag, möglichst im Einstundentakt, auf die Geschäftsstelle zu laden. Er nutzte die Zwischenzeit, sich, wie seine Kollegen, mit der Ablage zu beschäftigen. Dabei entwickelte er eine Vorstellung, wie er die Befragung angehen wollte. Ihm lagen keine konkreten Gründe vor, die rechtfertigten, die Männer als Zeugen zu laden oder gar als Verdächtige.

Er musste ihnen klarmachen, dass sie im Falle Schneewittchen einfach nur zu dem Personenkreis gehörten, der nach bewährten kriminaltechnischen Methoden in den Kreis der Verdächtigen passen könnte. Man wolle deshalb frühzeitig die Gelegenheit geben, sich zu erklären. Er wollte die Männer um Aufrichtigkeit bitten, damit sie sich dem Gespräch öffneten und sich nicht nur mit dem Satz: »Ich war es nicht« in eine unüberbrückbare Abwehrhaltung manövrierten. Wenn er im Gespräch die Überzeugung gewann, dass der Befragte der Täter sein könnte, wollte er ihm zwei Varianten zum Tathergang anbieten. Eine sollte für den Täter erkennbar die günstigere sein, zum Beispiel eine Zufallstat oder gar eine aus Notwehr. Mit dieser Entscheidungsmöglichkeit bestand eine größere Wahrscheinlichkeit, dass sich der Befragte spontan zur Tat bekannte, nur ihre Schwere noch leugnete. Wurde aber immer noch eine Tatbeteiligung bestritten, so wollte er mit Einzelfragen versuchen, dies zu prüfen. Einzelfragen in diesem Sinne waren zum Beispiel die Frage nach einem Alibi zur Tatzeit oder danach, ob er einen Wagen fahren konnte und zur Verfügung hatte. Auch wollte er wissen, ob der Kandidat Raucher war und welche Zigarettensorte er rauchte. Auch das Einschalten eines Anwalts wollte er anbieten.

Eine Speichelprobe, eine Urinprobe und Fingerabdrücke wollte er erbitten und bei Zustimmung nehmen lassen. Christian Matzke hatte sich damit ein Gerüst für den Gesprächsverlauf geschaffen, war sich aber im Klaren, dass er im Einzelfall flexibel bleiben musste.


Schon bei dem Hilfsschüler Helmut Richards kam sein Gesprächsgerüst ins Wanken. Seinem Blick glaubte er zu entnehmen, dass der sich Mut angetrunken hatte.

Richards versteifte sich nicht auf den Satz: »Ich war es nicht«, sondern erklärte trotzig, warum er es gar nicht gewesen sein konnte: »Wir waren doch kurz vor der Sommerpause mit unserem Ausbilder drei Tage auf einem Ausflug in die Eifel.« Eine telefonische Rückfrage machte die Fortführung des Gesprächs entbehrlich.

Der Müllmann erwies sich als harter Brocken. Er schwieg einfach und sah den Kommissar trotzig an, als der ihm den Grund für sein Hiersein erklärte. Nur auf gezielte Einzelfragen antwortete er: »Nein, ich bin Nichtraucher.« »Natürlich habe ich einen Autoführerschein, aber ich besitze nur ein Motorrad.« Für den vermeintlichen Tatzeitpunkt konnte er kein Alibi nennen. »Aber ich war es nicht, nehmen Sie gerne Speichelprobe, Urinprobe und Fingerabdruck, dann bekommen Sie den Beweis frei Haus.« Auf dieser Grundlage gab sich Christian Matzke zu Recht zufrieden, denn der Test der Proben brachte die Bestätigung.

Der Friedhofsgärtner erwies sich als Raucher und bevorzugte Marlboro. Er hatte sowohl Führerschein als auch einen Wagen. Ein Alibi für den Tattag hatte er nicht parat, fragte aber, was für ein Tag es gewesen sei. »Ein Dienstag«, erklärte Christian Matzke schon schmallippig. Da ging ein Strahlen über das Gesicht des Gärtners: »Das ist unser Skatabend, da war ich mit meinen Kumpels bis Mitternacht in unserem Stammlokal, das lässt sich nachprüfen.« Der Kommissar sagte dies zu und verzichtete zunächst auf die Abnahme von Proben.

Der Mann, der im Villeforst arbeitete, stach dem Kommissar am meisten in die Nase. Schließlich arbeitete er im Wald, in dem die Tat begangen worden war. Doch auch bei ihm erlitt er Schiffbruch. Ludwig Müller hatte sich mit der Stichsäge verletzt und war zum Tatzeitpunkt im Krankenhaus. Christian Matzke war deprimiert und beschloss, seine Alleingänge fürs Erste aufzugeben. Ihm musste schon ein gewichtiger Grund einfallen, um seine Meinung zu ändern. Momentan stemmte er sich nicht mehr dagegen, dass Schneewittchen ein Cold Case wurde. Wenn ihm nichts

Überzeugendes zur Lösung des Falles einfiel, war der wohl endgültig tot.
Er verbot sich, für den Moment darüber zu grübeln, was das wohl sein
könnte, doch damit sollte er sich nicht lange zufriedengeben.

# Ein verkorkstes Leben nimmt ein Ende

Der Winter war inzwischen im Kölner Becken mit ungewohnter Härte eingetroffen. Es war schneidend kalt vor der Tür, und wer zu nichts anderem gezwungen war, blieb im Haus. Margot Faller hatte sich dies schon längst angewöhnt. Das viele Trinken machte sie schon am frühen Tag ängstlich und unsicher und hielt sie im Haus. Sie war inzwischen zu härteren Dingen übergegangen. Anstatt Wein und Sekt trank sie hochprozentige Brände. Entsprechend hart fiel der Tadel ihres Gatten aus: »Du riechst wie flambiert.«

Weil sie gefröstelt hatte, hatte sie die Heizung hochgestellt. Inzwischen war sie so benebelt, dass sie nicht mehr wusste, warum sie nun so glühte. Sie benötigte Abkühlung. Mühsam torkelte sie zur Terrassentür. Sie brauchte drei Anläufe, um sie zu öffnen, dann packte sie der eisige Wind von draußen. Nur auf Strümpfen ging sie unsicher in die Kälte und auf den Swimmingpool zu. Die dünne Eisschicht auf den Fliesen drang zwar durch die Sohlen der Nylonstrümpfe, Margot Faller aber spürte es nicht. Torkelnd stapfte sie weiter und hatte zunächst Glück, nicht auszurutschen. Gott sei gedankt, musste sie keine Treppenstufen gehen.

Am Rande des Pools kam sie schließlich doch in eine Schieflage. Ihre Beine rutschten ihr unter dem Körper weg, und sie fiel in den eisigen Pool. Zunächst klatschte sie auf die Abdeckung, dann rollte sie an deren Rand und runter ins Wasser. Selbst ein Mensch in der Nähe hätte sie nicht mehr sehen können. Sie war für das menschliche Auge verschwunden.

Als Hans Faller gut eine Stunde später nach Hause kam, merkte er schnell, dass irgendetwas nicht in Ordnung war. Eine halbvolle Cognacflasche und ein halbvoller Schwenker standen auf dem Glastisch. Die Heizung kämpfte gegen eine unnatürliche Kälte an. Sie kam von draußen, denn die Terrassentür war weit aufgerollt. Er dachte sofort an eine neue Peinlichkeit seiner Frau. Er bediente die Lichtschalter neben dem Rolltor, und die Gartenlandschaft erschien in gleißendem Licht. Seine Beunruhigung wuchs, denn Margot war auch so nicht zu sehen. Er rief nach ihr, doch auch das war vergeblich. Vorsichtig ging er auf dem rutschigen Boden Richtung Beete und Büsche. Vielleicht war seine Frau ja dort irgendwo gestrauchelt. Auch dort fand er sie nicht, und sie reagierte auch nicht auf sein fortgesetztes Rufen. Unruhig machte er sich auf den Rückweg. Was hatte die dumme Kuh nun wieder angestellt? Die Scheinwerfer leuchteten nun schräg auf den eisigen Film der Terrassenfliesen. Aus diesem Blickwinkel sah er Spuren darauf. Margot musste dort Richtung Pool gegangen sein. Er folgte der Spur, und Angst stieg in ihm auf. War sie in den Pool gefallen? Und wirklich, die Spur ging über den Rand hinweg. Doch die Abdeckung lag unbewegt dicht auf dem Wasser. Ein eiskalter Atem fuhr durch seine Brust. Er begleitete eine Horrorvorstellung, die den Geschichten innewohnte, die man kleinen Kindern zur Warnung erzählte: Komm nicht zu nah an den Rand. Wenn du hineinfällst, verschwindest du unter der Abdeckung und ertrinkst, ohne dass dich jemand sieht!

Rasch bediente er die Kurbel der Abdeckung. Die rollte sich für ihn viel zu langsam auf. Aber das ausgeleuchtete Becken wurde immer mehr sichtbar, und dann wurde seine schlimme Ahnung zur Gewissheit: Margot schwamm mit dem Gesicht nach unten reglos im Wasser. Mit ziemlicher Sicherheit war sie tot. Doch er musste sie herausholen, vielleicht war ja Wiederbelebung noch möglich. Selbst ins Wasser springen durfte er nicht. In dem Eiswasser würde er schnell jede Beweglichkeit verlieren. Er musste Margot anders herausholen. Er eilte zu dem Netz an der langen Stange, mit dem sie während der Badezeit immer Laub abfischten. Vorsichtig schob er das Netz mitten unter ihren Körper und zog sie so langsam an den Rand. Mehrfach rutschte sie ab,
doch dann war sie so dicht, dass er sie im Knien zu fassen bekam. Er

zog sie vorsichtig aus dem Wasser. Sie gab keinen Ton von sich und bewegte sich nicht. Ein Rettungsversuch in der Kälte und auf den harten Steinplatten verbot sich. Er musste mit ihr ins Haus. Ungeachtet, dass er dabei selbst völlig nass wurde, nahm er sie auf den Arm und eilte ins Wohnzimmer. Dort legte er sie auf dem Teppichboden ab und machte ihren Oberkörper frei.

Er hatte mal gelesen, dass ein Wiederbeleben einer Ertrunkenen bis zu 60 Minuten nach dem Unfall noch sinnvoll sei. Insbesondere in kaltem Wasser. Durch die Unterkühlung wurde der Sauerstoffbedarf des Gehirns nämlich auf ein Minimum gesenkt.

Hans Faller war ein guter Schwimmer, sogar ein Rettungsschwimmer mit DLRG-Ausbildung.

Er wusste, wie er eine Herz-Lungen-Wiederbelebung durchführen musste, auch wenn er das schon lange nicht mehr getan hatte. Die Korrektur des Sauerstoffmangels musste durch Beatmung erfolgen. Hans Faller überzeugte sich, dass Margots Atemwege frei waren, sie hatte sich nicht erbrochen. Dann atmete er tief ein und legte seinen eigenen Mund über ihren Mund und hielt ihre Nase zu. Gleichmäßig und sehr vorsichtig blies er ihr Luft ein. Den Blick hielt er dabei auf ihren Brustkorb gerichtet, um zu sehen, ob der sich dadurch hob und senkte.

Auf zwei Beatmungen folgte eine Serie von Druckmassagen, circa 30-mal auf das Herz. Seitlich kniend legte er seine Handballen auf den Druckpunkt über dem Brustbein, streckte seine Arme und drückte zwei Stöße pro Sekunde, in einer Minute also 120 Stöße.

Er wiederholte das Ganze dreimal und als sich nichts tat, wurde er hektisch. Ich muss den Notarzt rufen, schien ihm die Rettung. Er eilte zum Telefon und drückte die Nummer 112. Er hatte sofort Anschluss. Bei der Stimme gegenüber wurde er wieder ruhiger und dirigierte sie bestimmt zu ihrer Adresse. Nun hieß es warten.


Der Arzt brauchte immerhin 20 Minuten, Hans Faller wurde sich sicher, dass die berühmten 60 für ein sinnvolles Wiederbeleben längst vorbei waren. Margot gab kein Lebenszeichen von sich.

Der Notarzt setzte sein Defibrillationsgerät ein, doch auch das blieb ohne Erfolg. Margot Faller war tot.

Der Arzt räusperte sich und wandte sich Hans Faller zu: »Ich will der Obduktion nicht vorgreifen, aber meine Erstdiagnose lautet, Ihre Frau ist nicht ertrunken. Das bedeutet, vor ihrem Tod ist keine Wasseraspiration erfolgt. Es ist zu keiner Wassereinatmung gekommen. Ich diagnostiziere mit aller Vorsicht einen Kehlkopfschock. Durch das kalte Wasser kam es zu einem Stimmritzenkrampf (Laryngospasmus). Die Atmung setzte aus.«

Hans Faller durfte im Krankenwagen mitfahren. Er harrte über zwei Stunden mit überstrapaziertem Nervenkostüm aus, bevor der Arzt seine Erstdiagnose bestätigte. Hans Faller war nun Witwer.

# Frühlingsgefühle eines Mörders

Der Frühling 1976 spross und blühte auf Hochtouren.

**Er** saß in seiner Gartenecke und blinzelte in die Frühjahrssonne, die erste Wärme abstrahlte. **Er** beugte sein Gesicht nach oben, bis sein Nacken spannte, schloss die Augen und spürte die Wärme der Sonne in seinem Gesicht.

Es war Samstag, und **Er** hatte frei. Dieser Wochenabschnitt war ihm der liebste. Nicht nur die Arbeit, sondern auch der Umgang mit anderen an den übrigen Tagen machte sie ihm verhasst.

Oktober bis Februar hatte in Köln Kälte und kurze Tage bedeutet, ein bedeckter Himmel und Nässe.

Die Glieder waren eingefroren und nicht nur die. Auch sein Drang hatte sich schlafen gelegt.

Nun wärmte ihn die Sonne wieder hervor.

**Er** verspürte Unruhe und den Wunsch nach erfüllter Lust.

Seine Puppe aufzublasen, reichte ihm allerdings nicht.

Sein Sehnen ging viel tiefer und war mit dem Drang nach draußen verbunden. Eine Erkundungsfahrt mit dem Wagen musste es mindestens werden. Vielleicht konkretisierten sich dabei seine Gedanken in einer neuen Aktion.

**Er** verfolgte diese Gedanken lustvoll weiter und sein Blick streifte wie von selbst auf die rostige Tischplatte, auf der ein Stadtplan lag.

Darin wollte **Er** seine nächste Route finden und das Wo und das Wie dabei weitgehend dem Zufall überlassen.

**Er** schlug die Straßenkarte auf, schloss die Augen und senkte seinen Zeigefinger erwartungsvoll auf das bedruckte Papier.

Mit dessen Berührung öffnete **Er** die Augen wieder. Sein Finger wäre fast nass geworden, so dicht am Rhein lag er, direkt an der Riviera von Rodenkirchen. Dort gab es wirklich Strand! Möwen segelten über den Himmel. Sonne, Sand und das Geplätscher des Wassers, nur der Duft nach Meer fehlte. **Er** hoffte, dass diese Gegend ihm in seinem düsteren Moment Seelenruhe geben konnte. Die Stille am Wasser eignete sich eigentlich bestens dafür.

Eine gute Gegend, dachte **Er**. Dort würde **Er** bei diesem Wetter etwas fürs Auge finden und konnte auch selbst ein wenig herumspazieren. **Er** wusste auch schon, wo **Er** den Wagen abstellen würde. **Er** sah die großen und kleinen Buchten vor sich mit den schattenspendenden, im Wind sich wiegenden eleganten Weiden, Frachter, aber auch Ruderboote auf dem Strom. Der hatte immerhin eine Gesamtlänge von 1320 Kilometer, wovon 865 Kilometer in Deutschland und immerhin 100 Kilometer durch die Kölner Bucht flossen.

Mit Zahlen nahm **Er** es genau.


Das Schwimmen im Rhein war gefährlich, **Er** hatte es bisher nicht gewagt. Immer wieder starben Menschen in seiner Strömung. Der Sand auf dem Strand war sauber und fein. **Er** hasste es, wenn die vielen Mitbringsel für das Wohlleben und Grillen nicht wieder mit fortgenommen wurden.

Schnittwunden von zerschlagenen Kölsch-Flaschen ließen dann die Sirenen der Ambulanzwagen ertönen und ihr Blaulicht blinken. Schöne Mädchen gab es jedenfalls genug. **Er** machte sich auf den Weg.

Das herrliche Wetter hatte viele Menschen vor die Tür getrieben. Das war ein ganz schön betuchtes Umfeld hier. Selbst die Kinder und Jugend-lichen glaubten schon, sie könnten sich alles erlauben. Sie verhielten sich nach seiner Meinung recht undiszipliniert. Achtlos gingen sie auf den Radwegen, selbst auf der Straße oberhalb des Hangs. Sie stapften aber auch durch das junge Grün der Wiesen und traten Krokusse kaputt. Das Gewühl wurde ihm schnell zu viel, und **Er** ging weiter hinab bis an die Kante des Flusses, um dort, noch vor dem letzten Buschwerk, auf Kiesel-steinen längs zu gehen. Hier war es viel einsamer, aber auch interessanter.

Denn ab und zu lagen im Windschutz der Büsche Liebespaare auf bunten Strandlaken und schmusten. Ein wohliges Kribbeln lief ihm über den Rücken. Ganz deutlich steigerte sich seine Lust, als **Er** plötzlich vor einem Pärchen stand, das sich alleine glaubte, weshalb der junge Mann mit sinnlich kreisenden Händen ihren bloßen Rücken eincremte. Immer wieder fuhren die Hände von der Seite unter die Körbchen des Büstenhalters und berührten die Brüste. **Er** blieb ganz still auf der Stelle stehen, damit sie nichts hörten oder gar sahen, und genoss das Schauspiel. So leise, wie **Er** gekommen war, umging **Er** ihren Liegeplatz und spazierte weiter. Es sollte noch besser kommen. Auf einem großen Stein, die Füße im Wasser, saß eine junge Frau, ganz sein Typ, in einem hautengen Badeanzug und las. Da sie Richtung Fluss ausgerichtet war, sah sie sein Kommen nicht, und **Er** konnte sie in Ruhe betrachten. **Er** stöhnte leise auf und sagte vor sich hin: »Die wäre die Richtige und hätte meine Spezialbehandlung verdient.«

Doch schnell rief **Er** sich zur Ordnung. Das wollte **Er** sich mit Macht verbieten. Jetzt am helllichten Tag wäre das Irrsinn gewesen. Überhaupt war es zu früh im Jahr, um sich in Gefahr zu begeben. **Er** wollte nicht gefasst werden, darum kam spontane Lusterfüllung auch nicht infrage. **Er** brauchte einen gründlichen Plan. **Er** wollte Alternativen erkunden. Eine Stelle wie im Stadtwald fand sich nicht von selbst. **Er** rief sich zur Ordnung. **Er** brauchte Zeit. Gerade hatte **Er** erst darüber gelesen, wie es einem erging, wenn man erwischt wurde. Die RAF-Terroristin Ulrike Meinhof war damit nicht fertig geworden. Ein Leben bis zum Ende hinter Gittern war für sie undenkbar gewesen. Sie wurde am 9. Mai in ihrer Zelle erhängt aufgefunden, und die Gefängnisverwaltung sprach von Selbstmord. **Er** war nicht mal sicher, ob **Er** eine solche Tat an sich selbst überhaupt ausführen könnte.

Auf dem Rückweg gönnte **Er** sich ein großes Vanilleeis mit Krokant. Wenigstens etwas Süßes, dachte **Er** bitter. Auf der Heimfahrt hatte **Er** das Gefühl, trotzdem etwas beruhigter zu sein. **Er** tankte den Wagen auf, denn **Er** war sich im Klaren, dass **Er** solche Erkundungsfahrten jetzt öfter vornehmen würde. **Er** tankte bewusst nicht bei der Station in Königsdorf. Der Kerl war ihm einfach zu neugierig.

In der Tankstation war in einer Ecke mit Zeitschriften ein kleines Booklet besonders ausgestellt. Das interessierte ihn. **Er** ging näher heran und las den Titel: *Kleine Fluchten rund um Köln.* Das konnte etwas für ihn sein. Hier konnte **Er** vielleicht Inspirationen finden. **Er** blätterte das Ansichtsexemplar langsam durch. Selbst der Villeforst wurde darin empfohlen, sah **Er** mit einem Lächeln, das die aufkommende Erinnerung widerspiegelte.

Nach dem blauen Himmel und der Wärme war die schummrige, kühle Kellerwohnung eine ansprechende Alternative. Das neu erworbene Büchlein wurde seine Abendlektüre. Einige Orte versprachen trotz Zulauf garantierte Ungestörtheit. Würde einer davon sein Schicksal werden? Sollte **Er** eine aufkommende Chance eher ergreifen oder besser verpassen? Darüber alleine entscheiden zu können, erregte ihn.

# Kommissar Christian Matzke schöpft neue Hoffnung

Christian Matzke hatte erkannt, dass er mit weiteren Untersuchungen der Umgebung des Tatortes und von immer mehr Personengruppen nur per Zufall ein Fahndungsergebnis erreichen konnte. Er sah eine größere Chance in der Beobachtung der Weiterentwicklung der Forensik.

Seit 1869 hatten unterschiedlichste Wissenschaftler nach und nach etwas über die DNA (Deoxyribose Nucleic Acid) herausgefunden. Der Schweizer Chemiker Johann Friedrich Miescher fand zu Beginn mehr durch Zufall eine phosphorhaltige Substanz anstatt der Proteine, die er in den weißen Blutkörperchen suchte. Er nannte es zunächst Nuklein. Später wurde es in Nukleinsäure umbenannt. Erst 50 Jahre später sollte der litauische Biochemiker Phoebus Levene in der Säure Moleküle erkennen, die aus Phosphor, Zucker und vier stickstoffhaltigen Basen bestanden. Die Zusammenführung dieser Erkenntnisse ging Schritt für Schritt und auch parallel: Bereits 1944 wiesen drei Wissenschaftler des Rockefeller Institutes in New York nach, dass DNA kein Protein war, sondern die Substanz, die die Erbinformationen weitergibt. Bereits 1950 erfolgte die Entdeckung, dass es dabei zwei Basenpaarungen gab: Adenin mit Thymin und Cytosin mit Guanin. 1953 gelang der Durchbruch. Rosalind Franklins Röntgenbeugungsbilder von kristallisierter DNA wurden der Schlüssel zur Lösung des Geheimnisses der DNA-Struktur überhaupt. Die Struktur, die berühmte Doppelhelix, wurde noch im selben Jahr von Watson und Crick erkannt und unter dem Titel »A Structure for Deoxyribose Nucleic Acid« (»Eine Struktur für Desoxyribonukleinsäure«) publiziert. 1962 erhielten Watson und Crick zusammen mit Maurice Wilkins für diese Entdeckung den Nobelpreis. Die Doppelhelix wurde zu einer der wichtigsten Entdeckungen der Biologie der Neuzeit und lieferte eine einfache Erklärung dafür, wie die DNA bei der Zellteilung vervielfältigt wird, wie sie von Generation zu Generation weitergegeben wird. Dieses einfache Molekül enthielt die Komplexität, die das Leben auf der Erde darstellt. Bald gab es Hoffnungen, dass dieses Forschungsprojekt zur Identifikation von Personen geeignet war. Der Einsatz als Ermittlungsmethode der Kriminalistik sollte allerdings noch bis in die achtziger Jahre dauern. Für Christian Matzke enthielten die vielen wissenschaftlichen Schriftstücke, die er verschlungen hatte, große Hoffnung für die Lösung des Falls Schneewittchen. Sie hatten in der Asservatenkammer noch einiges Material zur Überprüfung. Er dachte an die Zigarettenkippen, den Spermarückstand, Hautabriebspuren oder auch Hautkontaktspuren. Noch war es nur rein biologisch vorhanden. Man konnte keinen Bezug zu Personen herstellen und damit Verdächtige ausmachen. Entweder fehlte, ganz profan, eine geeignete Personenkartei oder man war noch nicht imstande, Proben auf ein Täterprofil hin zu bestimmen. Christian Matzke fühlte sich stark genug, für die Behebung des leichteren Mangels zu kämpfen: Er beschloss, sich an den Fronten zu engagieren, an denen die Fachwelt Personenkarteien forderte. Er ermutigte Big-Data-Dienstleister, die beim Bau von Stammbäumen halfen oder Verwandtschaftsverhältnisse klärten, auch Informationen aufzunehmen, mit denen Verdächtige identifizierbar wurden. Außerdem hörte er in seiner Freizeit nicht auf, Fachschriften zu lesen, in denen die Fortentwicklung von Prüfverfahren diskutiert wurde. Er tat dies engagiert und gewann mit Befriedigung dabei das Gefühl, den Fall Schneewittchen nicht aufzugeben.

Sein Engagement hatte den Zweck, den Fall zu guter Letzt doch noch zu lösen. Das durfte nicht sein, dass ein Mann so grausam gemordet hatte und einfach unentdeckt in seinen Alltag zurückgekehrt war. Es hätte ihn auch maßlos gewurmt, wenn er bei seiner Pensionierung einen ungeklärten Fall hinterlassen hätte. Einen solchen Fall nicht aufgeklärt zu haben, erfüllte jeden Kriminalisten mit dem Gefühl, versagt zu haben.

Bald wurde ihm klar, dass eine abgenommene Probe sehr wohl Täter- als auch Opfer-Merkmale beinhalten konnte. Ein Vaginalabstrich beispielsweise konnte neben den Zellenanteilen des Opfers auch Spermienreste des Täters aufweisen. Diese sogenannten Mischproben mussten für eine Identifizierung getrennt werden. So waren frische Blutzellen des Opfers mit Bestimmtheit rein und enthielten keine Tätermerkmale. Ein Vergleich mit der Mischprobe ließ Möglichkeiten erkennen, durch geeignete Verfahren Täterbestandteile zu separieren. Er lernte immer mehr hinzu.

Hatte man ein reines Täterprofil, so konnte ihm das separierte Teilprofil gegenübergestellt werden. Wenn dieses zum Gesamtprofil keine gegensätzlichen Merkmale aufwies, konnte der Verdächtige auf jeden Fall der Täter sein. Gab es hingegen Gegensätzlichkeiten, so war die Person als Täter auszuschließen. Die genannten Prüfvarianten ließen also gewichtige Rückschlüsse zu, aber man stand noch ganz am Anfang einer Entwicklung neuerer Prüfmethoden.

Inzwischen war statistisch signifikant erhoben, wie häufig einzelne Merkmale in den Profilen der Bevölkerung auftraten. Kam ein solches Merkmal im Täterprofil vor, so konnte man also die Wahrscheinlichkeit benennen, mit der es dem Täter zuzuordnen war. Wenn das Merkmal nur mit einer Wahrscheinlichkeit von 0,09 Prozent auftrat, war die Wahrscheinlichkeit 99,91 Prozent, dass es zum Täter gehörte. Bald würde sich die Möglichkeit abzeichnen, Täter zu entdecken, die in keiner Kartei enthalten waren. Verwandte in der Kartei konnten der Schlüssel dazu werden. Anhand der Prozente, die ihr Erbgut mit dem des Täters übereinstimmte, konnte man Aussagen treffen, in welchem Verhältnis der Täter zu der Person in der Kartei stand, Enkel, Urenkel oder Neffe zum Beispiel. Anhand von Geburtsregistern, Sterberegistern oder auch Eheregistern konnte man sich von der verwandten Person bis zum Täter vorarbeiten. GED-Match wurde in den Vereinigten Staaten von Amerika einer der ersten auf genetische Ahnenforschung ausgerichteten Dienstleister.

Christian Matzke hatte sich mittlerweile zum Laienexperten entwickelt und scheute sich nicht, Artikel zu den Möglichkeiten in der Kriminalistik zu verfassen, um auch in Deutschland Interesse für diese Methode zu gewinnen.

Das Erkennungsverfahren wurde immer weiter verfeinert. So konnte man bald durch aufwändige Zusatzanalysen die mitochondriale DNA gesondert überprüfen. Die wurde ausschließlich in der mütterlichen Linie vererbt. Danach hatten beispielsweise Geschwister immer die gleiche mitochondriale DNA, selbst wenn ihr Vater verschieden war. Bald bekam diese Forschung von völlig unerwarteter Seite Gegenwind. Aus Datenschutzgründen entstand massive Kritik an der massenhaften Speicherung von DNA-Profilen. Der Kommissar verfolgte alle neuen Erkenntnisse mit großer Ungeduld, diese Entwicklung jedoch mit Ärger.

# Die Unruhe des Mörders nimmt stetig zu

Im Spätsommer hatte der Zustand des Mörders bedrohliche Formen angenommen. Der Drang in ihm, eine weitere Tat zu begehen, suchte Erfüllung. Lange hielt ihn die Angst im Zaum, bei der Tat erwischt zu werden. **Er** sinnierte deshalb tage- und stundenlang, wie **Er** sie perfektionieren konnte. In einschlägigen Quellen fand **Er** schlussendlich vier Kriterien für einen perfekten Mord:

Ein Motiv durfte nicht in Erscheinung treten.

Die Erfüllung des gewünschten Zwecks musste ohne Probleme erreicht werden.

**Er** durfte keinesfalls nach der Tat belangt werden.

Am besten war es, wenn überhaupt nichts auf eine Tat hinwies.

Je länger **Er** sich mit diesen Kriterien befasste, umso mehr erkannte **Er**, wie schwierig es war, sie bei seinem persönlichen Vorhaben zu erfüllen.

Über ein Motiv war schon bei Schneewittchen in den Medien gemutmaßt worden. Man dachte dabei in die richtige Richtung. Es war von der Befriedigung seiner Lust gesprochen worden, und das wollte **Er** ja auch beim nächsten Mal wieder erreichen.

**Er** strebte wiederum einen Tötungsakt an. Der wäre dann wie beim ersten Mal natürlich erkennbar und seine Durchführung risikobehaftet. Von vornherein problemlos konnte er nicht sein.

Somit war auch nicht sichergestellt, dass **Er** nicht belangt werden würde. Ein Teil des Rausches, den **Er** erleben wollte, verlangte von ihm, mit der Tat in Erscheinung zu treten und eben das Risiko der Entdeckung in Kauf zu nehmen. Das Bangen, entdeckt zu werden, hatte sogar eine zeitliche Dimension. Die Entdeckung musste nicht einmal kurzfristig eintreten, sie konnte viel später erfolgen. Dadurch würde sein Lustgefühl immer von Ängsten überlagert sein und größtenteils neutralisiert.

Dass seine Tat nicht als Tötungsakt erkannt wurde, war unter diesen Umständen unmöglich. **Er** brauchte gerade dieses Erkennen, um Befriedigung zu finden. **Er** wollte gar nicht die Möglichkeit, dass für den Tod ärztlicherseits ein natürlicher Tod testiert wurde.

Diese Erkenntnisse wirkten für lange Zeit wie ein Deckel über seiner Lust. **Er** verschob die Entscheidung, erneut zum Täter zu werden, immer wieder nach hinten und suchte nach anderen Erleichterungen. **Er** unternahm weitere Erkundungsfahrten im Umland, um eine Stelle zu finden, die sein Risiko wenigstens minimierte. Nach vielen Fahrten entschied **Er** sich für das Gebiet rund um Kloster Knechtsteden. Dieser Ort lag zwischen den beiden Städten Köln und Düsseldorf, nahe genug für seine Vorhaben. **Er** brauchte nicht einmal 20 Fahrminuten von Tür zu Tür.

Die altehrwürdige Klosteranlage der Spiritaner, der Missionsgesellschaft vom Heiligen Geist unter dem Schutz des Unbefleckten Herzens Mariens, aus der das Torhaus und die Klosterbasilika herausragten, bot viele spannende Optionen in sich selbst und in der Umgebung. Sie lag auf einer sanften Anhöhe neben der Senke eines ehemaligen Rheinarmes.

Schon in dem Biergarten des Klosterhofs tummelten sich bei gutem Wetter viele Ausflügler. Ihre Wagen füllten die Parkplätze und ihre Drahtesel die vielen Fahrradständer. Nach etwas körperlicher Ertüchtigung auf den lauschigen Wanderwegen, im Wald und durch Wiesen, lockte eine rustikale Speisekarte und das berühmte Schwarzbier, das es nur im Klosterhof gab. Natürlich gab es auch das helle Kölsch. **Er** hatte beim ersten Besuch den Klassiker Knechtstedener Senfrostbraten, dazu Speckbohnen und Bratkartoffeln, ausgewählt und war nicht enttäuscht worden. Ein warmes Schokoladentörtchen, dazu Kirschen und Vanilleeis, musste nach dem reichlichen Hauptgericht noch sein!

Im größten Waldgebiet des Rhein-Kreis Neuss, auf den Wanderwegen abseits der Großstadt, herrschte klösterliche Ruhe. Viele Menschen suchten hier die Einsamkeit, auch junge Frauen, wie **Er** schnell erkannt hatte.

Eine besondere Attraktion bot das große gelbe Feld vor der Klosteranlage, wenn die Sonnenblumen blühten. So manche von ihnen fanden den Weg in die Vase zu Hause.

Mit dem Bau der Basilika Sankt Andreas war schon 1138 begonnen worden. Sie hatte heute einen gemischten Stil. Der Ostchor war gotisch erneuert worden, der Westchor hatte die originale romanische Gestalt behalten. Auch die Innenmalerei stammte aus dieser Zeit und war besonders beeindruckend. In der Apsis Kalotte war Christus in einer Aureole auf einem Regenbogen sitzend als Alleinherrscher dargestellt.

Gerne zogen sich an heißen Tagen Besucher in die Kühle der Basilika zurück. Im Inneren der Basilika sowie im Innenhof des Kreuzgangs wurden viele Konzerte durchgeführt. Alte Musik, Instrumental- und Vokalkunst wechselten sich mit Vorträgen und Diskussionen über Musik ab und zogen auch jüngere Leute an. Deshalb war diese Publikumsflut auch für ihn von Interesse.

Im Kulturhof war der Bullenstall entstanden. Hier feierte man Geburtstage, Hochzeiten und auch Firmenfeste oder Produktpräsentationen.

Im Kulturhof selbst gab es auch fast 4000 Quadratmeter Raum für Theater- oder Comedyabende. **Er** hatte voll Erregung beobachtet, wie oft abends in der Dämmerung Gäste all dieser Bereiche draußen flanierten und sich dabei auch durchaus vereinzelten. Attraktive Opfer waren für ihn darunter gewesen.

Das Norbert-Gymnasium war eine staatlich anerkannte Privatschule für Jungen und Mädchen. Der christliche Glaube war bis zum Abitur hin wesentlicher Bestandteil der Bildungsarbeit. Der Unterricht wurde als Ganztagsunterricht geboten. Danach traten die Schüler einzeln oder in Grüppchen den Heimweg an. Sie fuhren mit ihren Rädern durch den Wald und besonders die Mädchen der Mittel- und Oberstufe konnten ihm gute Zusammentreffen bieten.

Immer wieder malte **Er** sich in seinem Kopf aus, was ihm mit ihnen gelingen konnte. Doch die Angst vor dem Entdecken behielt Oberwasser und hielt ihn von einem endgültigen Entschluss, erneut zum Mörder zu werden, ab.

**Er** fühlte jedoch, dass er sich nicht mehr lange an der Kandare halten konnte. Fieberhaft suchte **Er** nach Abhilfe. Seine Gummipuppe gab sie ihm schon lange nicht mehr. Aber vielleicht war sie ja für einen letzten Eklat gut. In ihm reifte eine scheußliche Idee. …

Seine Gummipuppe hatte ausgedient. Sie brachte ihm keinen Lustgewinn mehr. **Er** beschloss, sie zu entsorgen, und zwar unter Umständen, die ihm ein wenig Befriedigung geben sollten. **Er** wollte sie im Villeforst an altbewährter Stelle exekutieren und damit seine Häscher provozieren. **Er** hatte diesen abscheulichen Plan, der nicht nur die Polizei betroffen machen würde, sondern besonders auch die Eltern von Claudia, mehrfach auf sein Risiko hin überdacht und es als überschaubar befunden. Die Puppe stammte aus dem Ausland, und ihre Herkunft konnte nicht nachvollzogen werden. **Er** hatte sich durch Augenschein versichert, dass sie keinerlei Herkunftszeichen hatte. **Er** wollte sie akribisch von allen Spuren reinigen und Sorge tragen, dass sie in diesem Zustand in den Forst kam. **Er** würde sich dafür »spurensicher« kleiden. Das Anfahren des Ablageortes hatte sich bei seiner ersten Tat bewährt und musste nicht abgeändert werden. Da **Er** den Tag der Ablage diesmal allein entscheiden konnte, wollte **Er** bis Ende des Monats warten, dann zeigte sich der Mond in seinem magersten Zustand, und es würde finsterste Nacht sein. Lange haderte **Er** mit sich, ob er irgendeine Spur hinterlassen sollte, die auf ihn als Täter des Schneewittchen-Mordes verwies. War das zu dick aufgetragen? Könnte das eventuell unbändige Kräfte der Empörung freisetzen und eine Kräftebündelung zu seiner Enttarnung herbeiführen? Die Gefahr war da, aber wie er befand, nicht die notwendigen Anhaltspunkte für einen Erfolg, wenn **Er** alles richtig machte. Stattdessen war der Shitstorm, der sicherlich eintreten würde, äußerst verlockend und würde seine Lust wenigstens ein wenig befriedigen. Schnell fand **Er** den passenden Weg, sich zu outen. **Er** wollte wieder seine Arbeitsstiefel tragen. Deren Sohlen waren in der Presse ja oft genug beschrieben worden.

Seine Entscheidung ließ zudem noch die kleine Chance offen, dass dieser Umstand bei der Spurenlese übersehen wurde. Das gab seinem Vorhaben noch die nötige Würze. Nachdem die Würfel gefallen waren, hatte **Er** noch anderthalb Wochen Zeit, alles gründlich und in klinischer

Sauberkeit vorzubereiten. Es war ein gutes Gefühl, so selbstherrlich mit seinen Verfolgern spielen zu können, und das ohne jegliches Angstgefühl. Diese famose Idee begoss **Er** am Abend mit einer ganzen Flasche Rotwein. Zum ersten Mal seit Langem schlief **Er** die Nacht ohne nervöse Störungen durch. Mit dem Plan hatte **Er** für den Moment seine Mitte wiedergefunden und damit seine eigene Wertschätzung.

Als die Tage, welche **Er** ins Auge gefasst hatte, näher kamen, bot sich einer davon als optimal an: Seine Eltern würden nicht zu Hause sein. Sie hörten im Opernhaus »Turandot« von Giacomo Puccini. Der Inhalt der Oper brachte ihn auf eine weitere Idee. Eine bösartige Prinzessin ließ darin ihre Freier reihenweise ermorden. Ihre Köpfe mussten rollen. **Er** wollte die Gummipuppe auf gleiche Weise massakrieren. Sie mit Erde zu ersticken, wäre lächerlich gewesen. Die neue Variation des Todes gab seinen Häschern zudem noch ein Rätsel auf. Auf den wahren Grund dafür würden sie nie kommen.

An diesem Tag war die Mondsichel nicht nur besonders schmal, sondern es war auch ein bedeckter Nachthimmel vorhergesagt. Wenn kein Stern zu sehen ist, tappe ich im wahrsten Sinne des Wortes im Dunkeln, dachte **Er** mit einem lüsternen Grinsen im Gesicht. Für die An- und Abfahrt hatte **Er** noch eine zusätzliche Sicherung eingebaut. **Er** wollte mit seinem Wagen die Sebastianusstraße zwar in Richtung Wanderparkplatz verlassen, aber nicht von dort in der Direttissima zurückkommen. **Er** wollte stattdessen weiter stadtauswärts fahren, in Kerpen auf die Autobahn gehen und bis Abfahrt Köln-West zurückfahren. Von dort aus würde **Er** über die Aachener Straße aus der Richtung Köln nach Königsdorf zurückkommen. Wenn ihn jemand dabei sah, würde bei ihm keine gedankliche Verbindung zu dem Wanderparkplatz entstehen. **Er** lobte sich still wegen seiner eigenen Weitsicht. Nun hieß es warten, und das ließ bereits seinen Spannungsbogen ständig anwachsen.

Das Verhältnis zu seinen Eltern war inzwischen so abgekühlt, dass am vorgesehenen Abend seine Mutter lediglich durch das Treppenhaus in den Keller rief: »Wir gehen jetzt, Junge. Ich wünsche dir eine gute Nacht.« **Er** antwortete nicht mal, und seine Mutter schien dies auch nicht erwartet zu haben, denn **Er** hörte, dass die Kellertür bereits zugefallen war. **Er** beschloss, erst um 22:30 Uhr selbst das Haus zu verlassen. Dann war es in den Straßen bestimmt schon totenstill. **Er** nutzte die restliche Zeit, alles akkurat vorzubereiten. Zunächst fuhr **Er** seinen Wagen in die elterliche Garage. In ihr konnte **Er**, ohne von außen gesehen zu werden, die Puppe vom Inneren des Hauses her einladen. Schwarze Kleidung hatte **Er** zurechtgelegt, einen Pulli mit Kapuze. Ein Messer steckte in der Jackentasche, Gummihandschuhe lagen bereit, und seine Schuhe standen neben dem Eingang. **Er** stellte den Fernseher an und schaute in einen Krimi hinein, wohl wissend, dass **Er** ihn nicht zu Ende sehen konnte. Aber er bescherte ihm bereits ein wenig das Gefühl der Ruchlosigkeit. Und das tat ihm gut. Um 22:15 Uhr begann **Er,** sich umzuziehen. Ein letzter Blick aus dem Fenster zeigte ihm, dass die Wetterprognose wieder einmal richtiggelegen hatte. Kein Stern war zu sehen und der Mond schien nur ganz schwach.

Pünktlich verließ **Er** die Garage und schloss das Tor ohne auszusteigen mit dem Sender. Auf der Straße begegnete ihm niemand. Zufrieden bog **Er** nach rechts auf die Aachener Straße ab. Auch der Parkplatz bescherte ihm keine Probleme. Kein Wagen parkte dort. Der Boden war nach der Hitzewelle trocken und hart und würde bei der Auffahrt kaum Spuren annehmen. **Er** vermied auch eine scharfe Bremsung und ließ den Wagen einfach ausrollen. **Er** verschwendete keine unnötige Zeit und war schon schnell auf dem schmalen Waldweg. Das notwendige Licht spendete ihm die kleine Lampe in seinem iPhone.

Als **Er** den Ablageplatz erreichte, erwartete ihn dort eine Überraschung. An der Stelle standen in einem Marmeladenglas einige angetrocknete Blumen. Hier war getrauert worden. Das würde um seine Puppe nicht passieren. Das Wort »Trauer« stammt vom mittelhochdeutschen »trure« und bedeutet jemandem keine Träne nachweinen, hatte er unlängst gelesen. Der Gedanke an den Satz ließ ihn grinsen.


Den abgetrennten Kopf der Puppe trug **Er** unter dem rechten Arm. **Er** wollte so wenig Zeit wie möglich am Tatort verschwenden, auch wenn ihm dies einen Teil seines Lustgewinns nahm. Wie Claudia packte **Er** die Puppe um den Leib und zog die Beine über den Erdboden bis zur Mulde, in der **Er** sie, wie Claudia, ablegte, den Kopf an der richtigen Stelle. Behutsam bedeckte **Er** sie mit einigen Zweigen. **Er** wollte Einzelheiten seiner Tat möglichst genau wiederholen und platzierte sie wie Schneewittchen.

**Er** fühlte dabei, wie sich sein Glied versteifte. Aber zu einem Samenerguss reichte seine Erregung nicht. Das war die erste Enttäuschung der Nacht. Trotzig setzte **Er** mit seinen Arbeitsschuhen einige Trittsiegel als Kennzeichnung. Urinieren wollte **Er** nicht. Dann machte **Er** sich auf den Weg nach Hause zurück. Bei der Auffahrt auf die Aachener Straße sah ihn niemand. Bei einem tiefen Tümpel am Wegesrand entsorgte **Er** die Arbeitsschuhe. **Er** hatte Ersatzschuhe dabei. Der Rückweg über die Autobahn verursachte keine unerwarteten Vorfälle. Mit gemäßigtem Tempo fuhr **Er** aus der Richtung von Köln in das schlafende Königsdorf hinein.

Sein Wagen stand längst schon wieder am gewohnten Ort, und **Er** war in seinem Keller, als die Eltern nach Hause zurückkamen. **Er** hörte ihre Geräusche durch die Kellerdecke. Obwohl es spät war, hatte **Er** noch keinen Schlaf gefunden. Aber **Er** fühlte ein wohliges Gefühl der Stärke und Ruhe. Seit Langem mal wieder! Nun war **Er** hoch gespannt, was sich aus seiner Tat entwickeln würde. **Er** jedenfalls war mit sich zufrieden. **Er** hatte alles perfekt geplant und perfekt durchgeführt. Das gab ihm Mut für mehr.

# Die Brüskierung durch den Mörder

Timo Meyer trauerte seiner gescheiterten Beziehung mit Claudia immer noch hinterher. Er hatte es mit viel Ablenkung versucht, doch leider vergeblich. Nach fast zwei Jahren war Claudia immer noch präsent. Er konnte seine Verflossene nicht mal mit Telefonaten und Briefen bombardieren. Claudia war tot. Aber auch als Tote schloss sie in seine Gefühlswelt das Tor zu einer neuen Liebe.

Er zermarterte sein Hirn, warum der schreckliche Mord überhaupt geschehen musste. Er wäre gerne für sie gestorben, dachte er schlussendlich. Sein Dopaminspiegel war tief gesunken und oftmals versank er in Depressionen. Er empfand große Rachegefühle gegen Claudias Mörder, dieses unsichtbare und unbekannte Wesen. Er hatte sich fürs Erste zu einem Singledasein entschlossen. Besser fühlte er sich nur, wenn er ihr nahe war, sei es am Grab oder am Tatort im Villeforst. An den Wochenenden, die ihm das größte Stück Freizeit boten, suchte er sie auf und schmückte die Orte mit Blumen. Wenn er dort war und meditierte, kam ihm das Märchen von Schneewittchen in den Sinn. Der schönen Prinzessin war es wenigstens vergönnt, vom Tode wieder aufzuwachen, weil ihr Sarg zu Boden fiel und der giftige Apfelgrips aus ihrem Mund geschleudert wurde und sie vom Gift befreite. Warum erfährt Claudia nicht ein ähnliches Wunder?, dachte er verzweifelt.

An diesem Samstag beschloss er, in den Villeforst zu fahren und erneut Blumen für sie niederzulegen. Das Wetter war gut, und so entschloss er sich, mit seinem Motorrad in der Sebastianusstraße zu parken und den Tatort mit einem Spaziergang zu erreichen. Für den Moment von seinem Dauerkummer gelöst und durch das Ziel am Ende des Weges erwartungsfroh erregt, schritt er kräftig aus.

Als er sich der Stelle näherte, richteten sich seine Augen suchend nach vorne. Er wollte jeden Moment in sich aufnehmen, der ihm den Ort zeigte, an dem ein Untier Claudias Leben nahm. Dieses Mal verwirrte ihn allerdings der erste Blick darauf. Irgendetwas war anders, die Stelle wirkte bunt. Er legte noch etwas Tempo zu. Als er nah genug war, um einen echten Überblick zu haben, erstarrte er. Dort lag eine große Puppe, wohl aus Gummi, so, wie sie in Sexgeschäften angeboten wurde. Sie war grell geschminkt und hatte Erotikkleidung an. Ihr Kopf war ihr abgeschnitten, aber über den Hals gelegt worden. Sie sah aus wie getötet. Was sollte das? Hatte jemand am selben Ort die schreckliche Tat an Claudia veralbert? War das vielleicht der Mörder selbst gewesen? Timo schlug das Herz bis an den Hals. Was dort getan worden war, war unrecht. Er musste sofort die Polizei informieren. Der schnellste Weg war der zum Telefon auf dem Wanderparkplatz. Timo setzte zu einem Spurt an. Er wollte weg von der verschmutzten Stelle und brauchte Hilfe und Unterstützung. Hoffentlich erreichte er auch am Wochenende Kommissar Matzke. Ihn hatte er in den Gesprächen schätzen gelernt.

Timo Meyer hatte Glück. Sein Anruf wurde zum Kommissar durchgestellt. Christian Matzke zeigte sich äußerst irritiert, doch als ihm die Umstände klar geworden waren, reagierte er sofort. »Mein Gott, ich komme sofort und mit mir unser Spurenteam. Warten Sie und fassen Sie nichts an.« Einen weiteren Satz schob er noch nach: »Ich kann davon ausgehen, dass es sich bei Ihrem Fund wirklich um eine Puppe handelt. Dann brauche ich wenigstens unsere Frau Doktor am Wochenende nicht zu behelligen. Das Wochenende ist ihr nämlich heilig.« Das »Ja« von Timo Meyer hörte er schon nicht mehr, er setzte es einfach voraus. Der Hörer war längst auf die Gabel gefallen.

Die Anfahrt erfolgte in Rekordzeit. Die Zahl der Beamten war weit geringer als bei der Entdeckung von Schneewittchen. Als die in ihrer Spezialkleidung auf dem engen Waldweg auftauchten, winkte ihnen Timo Meyer mit dem Blumenstrauß zu, den er immer noch in der Hand hielt. Neben der Puppe hatte er keinen würdigen Platz für ihn gesehen.

Christian Matzke ging dieses tragische Bild an die Nieren.

Der junge Mann konnte scheint's immer noch nicht von »seiner« Claudia lassen und musste nun auch noch ein solches Horror-Szenario erleben. Timo Meyer tat ihm mächtig leid.

Mit dem Absperren und der Spurensuche gingen sie wie beim ersten Mal vor. Der Übeltäter war allerdings vorsichtiger vorgegangen als damals. Keine Gegenstände lagen herum, es hatte auch keinen Samenerguss gegeben und keine Spuren auf der Puppe.

Doch dann zuckte Christian Matzke zusammen: »Jetzt gehe ich jede Wette ein. Die Trittsiegel neben der Puppe sind von denselben Arbeitsschuhen, die wir das letzte Mal neben dem Baum dort hinten gefunden haben.« Er zeigte mit seinem Zeigefinger in die Richtung des Baumes. »Die Abdrücke der Sohlen sind so prägnant, als hätte sie der Täter bewusst gesetzt, bestimmt um uns zu brüskieren. Wenn das so ist, hat er damit seinen ersten großen Fehler gemacht. Abdrücke der Arbeitsschuhe hatten wir bisher weit nach der Tat nur neben dem Baum gefunden. Mit den heutigen Abdrücken überführt sich der Kerl selbst als Täter.« Gespanntes Schweigen trat in der Runde ein. Einem jeden der Anwesenden war sofort klar, wie bedeutsam die Feststellung des Kommissars war.

Alles wurde fotografiert und vermessen. Die Puppe kam in aufgeblasenem Zustand in einen Behelfssarg. »Wochenende hin und Wochenende her«, erklärte der Kommissar dabei. »Wir beginnen sofort mit den Laboranalysen und Recherchen. Finden sich irgendwelche Spuren auf der Puppe? Lässt die Schnittkante um den Hals eine Aussage zum Messer zu? Kann man in Erfahrung bringen, wo die Puppe erstanden wurde? Und last but not least sind die Trittsiegel von den uns bekannten Arbeitsschuhen? Bitte macht euch sofort an die Arbeit. Alles was euch zur weiteren Erhellung einfällt, wird dankbar entgegengenommen.« Keiner der Anwesenden maulte. Der Kommissar hatte mit seinen forschen Befehlen ihr Jagdfieber geweckt.

Die durchzuführenden Analysen waren ganz anders als im Fall Schneewittchen. Es war keine blutige Angelegenheit, äußere Untersuchung der einzelnen Körperteile sowie eine Obduktion entfielen. Ganz vorne an stand der Wunsch, nachzuweisen, dass es sich bei beiden Taten um denselben Täter handelte. Sie suchten nach gleichem Tatverhalten, gleichem Täterwissen und identischen Spuren. Diesen Nachweis wollte Christian Matzke persönlich erbringen. Die Nachweise hoffte er, mit Fotos des Polizeifotografen dokumentieren zu können.

Die anderen Beamten hatten übernommen, die wenigen Spuren auszuwerten beziehungsweise noch nicht entdeckte zu suchen. Dieter Keller hatte sich darum gerissen, über Internet in Erfahrung zu bringen, wo man eine solche Puppe kaufen konnte. Niemand maulte über die Samstagsarbeit, alle waren hochmotiviert.

Noch lag ein leeres Blatt vor Christian Matzke. Er wollte alles, was ihm für die These gleicher Täter in beiden Fällen einfiel, zunächst ungeordnet aufschreiben, später sortieren und zu guter Letzt mit Fotos belegen.

Die Puppe war zwar leicht, aber trotzdem sperrig. Der Täter musste denselben Anweg vom Parkplatz her genommen haben wie mit Claudia.

Er hatte für die Ablage nicht nur die gleiche Stelle gewählt, sondern auch die gleiche Position. Auch das Bedecken mit zarten Ästen hatte er wiederholt.

Dass er die Puppe die letzten Meter mit ihren Füßen über den Boden schleifte, war eine Nachahmungstat. Bei dem geringen Gewicht der Puppe war dies ansonsten nicht nötig gewesen.

Am bedeutsamsten waren die Trittsiegel der Arbeitsschuhe. Ihre Identität mit denen, die nach der Ermordung von Claudia gefunden waren, war schnell bewiesen. Sie schlossen den Kreis zwischen dem Tag der Ermordung von Claudia, dem Tag des zweiten Besuchs an ihrer Ablagestelle und dem Tag der Ablage der Puppe. Die Frage blieb für den Kommissar offen, ob dem Mörder klar gewesen war, wie viel er von sich mit diesem Tun verriet. Er beschloss auf jeden Fall, diese Erkenntnis zunächst der Öffentlichkeit zu verschweigen. Er hoffte dadurch, dem Mörder das Gefühl größerer Sicherheit zu belassen.

Die Ergebnisse der Untersuchungen kamen im Eiltempo herein: Die Puppe war von besonderer Art und in dieser Form anscheinend im Inland nicht zu erwerben. An der Puppe selbst befand sich keinerlei Herkunftsbezeichnung. Ob sie nie eine hatte oder ob sie entfernt worden war, blieb offen. Man mutmaßte, dass sie eine Einzelanfertigung aus einem asiatischen Land war. Wahrscheinlich hatte sie der Täter von einer Reise dorthin mitgebracht. Der Erwerb der Puppe bot damit keinen direkten Hinweis zum Täter. Die Puppe war schon etliche Jahre im Gebrauch, was gesicherte Angaben zu ihr noch schwieriger machte.

Kommissar Matzke grübelte über den Sinn der Tat. Hatte der Mörder Angst, einen Mord zu wiederholen? War die Puppe ein Ersatzopfer gewesen für seine Befriedigung? Hatte ihm das nicht mehr gereicht und er hatte sie deshalb »geopfert«? Wollte er damit seine Häscher brüskieren? Fehlende Spermaspuren ließen den Schluss zu, dass ihn diese neuerliche Tat nicht befriedigte. Er blieb mithin eine tickende Zeitbombe. Wie dringend er die Überführung des Täters erachtete, behielt Kommissar Matzke für sich.

# Große Aufregung um die Gummipuppe

Der Polizeieinsatz im Villeforst war nicht unbemerkt geblieben. Leider allzu schnell fragte die Presse nach.

Auch wenn der Kommissar vorhatte, viele Hinweise auf den Täter im Fall Schneewittchen aus ermittlungstaktischen Gründen zurückzuhalten, musste er Auskunft geben. Er ließ dabei erleichtert zu, dass die Fragen in Richtung eines Nachahmungstäters gingen, der den wirklichen Mord an Claudia Faller verhöhnen wollte. Seine Antwort: »Sie haben recht. Wir ermitteln in alle Richtungen und damit auch in diese.« Christian Matzke blieb aber nichts anderes übrig, als den Finder der Puppe zu offenbaren. Als der Name Timo Meyer fiel, wurde als Erste die Lokalreporterin Sylvia Schenke aufmerksam. »War das nicht der Exfreund von Claudia Faller?«, schob sie sofort als nächste Frage nach. Das spröde und nicht weiter kommentierte »Ja« des Kommissars sorgte für Aufregung. Schließlich war Timo Meyer lange Zeit im Kreis der Verdächtigen gewesen und zumindest nach der Meinung des Vaters Hans Faller zu Unrecht daraus ausgegliedert worden. Frau Schenke brachte diesen Umstand mit einer gefährlichen Frage auf den Punkt: »War Herr Meyer vielleicht doch der Mörder? Man sagt doch, es zieht den Mörder immer wieder an den Ort seiner Tat zurück. Ich sehe keinen anderen Grund, warum Herr Meyer sich dort mitten im Villeforst aufgehalten hat.« Christian Matzke versuchte diese These verbindlich zu relativieren: »Frau Schenke, es gibt durchaus noch andere Lesarten. Zum Ersten hat Herr Meyer uns freiwillig informiert. Wir fanden ihn am Fundort der Puppe mit einem Blumenstrauß. Er versicherte uns glaubhaft, dass ihn der Mord an Claudia immer noch tief bewege und er vorhatte, am Tatort einen Blumenstrauß zur Erinnerung an sie abzulegen. Diese Aussage neben den Gründen, die ihn aus dem Täterkreis ausgeschlossen hatten, halten wir für realistisch.«

Sylvia Schenke war vorsichtig in der Formulierung ihres Artikels und seiner Überschrift. Sie konnte es sich nicht erlauben, offen eine üble Nachrede gegen Timo Meyer in die Welt zu setzen. Die Worte des Kommissars »Wir ermitteln in alle Richtungen« ließen ihr jedoch einigen Spielraum, den sie weidlich nutzte:

*»Verhöhnt der unentdeckte Schneewittchen-Mörder die Mordkommission?*
*Kommissar Christian Matzke ermittelt in alle Richtungen.*

*Es kann nach seinen Worten sowohl ein geschmackloser Zeitgenosse sein, der sich hier einen schrecklichen Scherz erlaubte, als auch der Mörder von Schneewittchen, der seine erfolglosen Häscher verhöhnen will.*

*Der Finder der Gummipuppe, die am Tatort des Mordes an Claudia abgelegt wurde, war dann auch noch ihr Exfreund. Er gab an, diesen Ort aufgesucht zu haben, um in Erinnerung an sie einen Blumengruß abzulegen. Solange beide Untaten nicht geklärt sind, sind alle Theorien möglich. Speziell die Bürger von Königsdorf sind angehalten, bei ihren Spaziergängen im Villeforst vorsichtig zu sein und zumindest auf den größeren Wegen zu bleiben.«*

Dieser Artikel erfuhr große Beachtung und bereitete Unruhe, die speziell von Hans Faller geschürt wurde. Er gab gerne ein Interview. Der Versicherungsmakler geißelte die Kripo wegen Untätigkeit und Unfähigkeit. Er wiederholte zum zigsten Mal, dass Timo Meyer für ihn immer noch der Hauptverdächtige sei. »Jemand muss für Gerechtigkeit sorgen. Jeder muss für seine Taten zur Rechenschaft gezogen werden. Wenn ich etwas zu sagen hätte, wäre der Kerl unser Mann.« Er forderte die Königsdorfer Bürger auf, am nächsten Nachmittag vor dem Polizeirevier zu demonstrieren.

Sein Aufruf blieb nicht ohne Folgen:

Immerhin erschienen circa 50 Bürger vor dem Polizeirevier und verlangten lautstark einen schnellen Fahndungserfolg. Es waren viele Eltern von Kindern in Claudias Alter dabei, die wortstark die Angst um ihre Kinder artikulierten.

Am schwersten traf es Timo Meyer. Er verlor hinter fadenscheinigen Begründungen verbrämt seinen Arbeitsplatz. Es sollte sich zeigen, dass er in der Umgegend auch keine passende Anschlussstelle fand. Verbittert zog er dafür weg aus Köln. Ihm fehlte Geld, um gegen Hans Faller zu prozessieren.

Christian Matzke registrierte diese Entwicklung mit großer Bestürzung. Ihn erschütterte sehr, wie schnell man in diesem Land zu einer Vorverurteilung neigte. Es fehlten nur noch die Worte: »Rübe ab!« Ihm wäre viel wohler gewesen, wenn man den richtigen Mörder einfach hätte fortbeamen können. Ich habe keine Angst vor der Zukunft, erst recht nicht vor Timo Meyer, aber durchaus vor dem wahren Monster, dachte er.

**Er** nutzte seine Arbeitspause am nächsten Tag, die Artikel über die Ereignisse um die Gummipuppe genau zu lesen. Ihn machte betroffen, welcher Abscheu ihm darin entgegenschlug und welch harte Forderungen aufgestellt worden waren, seiner endlich habhaft zu werden. Das machte ihn sehr nervös, **Er** entwickelte sich zunehmend zum Kettenraucher. Seine Angst wuchs, wirklich gefasst zu werden. Ein Leben hinter Gittern wollte **Er** nicht ertragen.

War es richtig gewesen, die Gummipuppe im Forst abzulegen? Diese Frage stellte **ER** sich immer wieder. Seine persönliche Antwort blieb jedoch ein »Ja«. Schließlich hatte diese Aktion ihn davon abgehalten, ein weiteres weibliches Opfer zu suchen. Doch die Turbulenzen jetzt machten das kleine bisschen Ruhe, das in ihm eingekehrt war, wieder zunichte. **Er** war unruhig, unstet, und in ihm wuchs das Bedürfnis, bald wieder ein Opfer zu suchen. Nur die gleichzeitig gewachsene Angst bot eine Barriere davor. Als **Er** abends nach Hause kam, lief **Er** seiner Mutter über den Weg. Sie suchte förmlich ein Gespräch. Auch sie war von dem Ereignis um die Puppe erregt. »Was muss das für ein kranker Mensch sein, der so etwas tut«, war ihr Kommentar dazu, mit dem sie ihn, eine Antwort erwartend, ansah. **Er** wollte erst schweigend weitergehen, schließlich war sie das gewohnt. Doch dann beschloss **Er** eine Strategie nach vorne: »Ich weiß nicht, wovon du sprichst, Mutter.« Sie sah ihn ungläubig an und wollte ihm alles erklären. Doch **Er** war längst an ihr vorbeigegangen. Daraufhin schwieg sie verbittert. Ihr eigener Sohn war für sie unnahbar geworden. Das machte sie zutiefst traurig. **Er** zog ganz andere Schlüsse aus dieser Unterhaltung.

Seine Eltern hatten eindeutig keinen Einblick in sein Leben und seine Bedürfnisse. Seine räumliche Abgeschiedenheit unten im Keller hielt dicht. Das beruhigte ihn und war gut so.

# Wird das Jahr 1977 das Jahr des Mörders?

Auf jeden Fall wurde 1977 ein besonderes Jahr. Am 7. Juli wollten viele Paare aus der Kölner Region dieses Datum des Jahrzehnts mit vier Siebenen als Hochzeitstag haben.

Das Datum stach auch ihm für eine nächste Tat gewaltig in die Nase. **Er** hatte in diesem Jahr auf jeden Fall eine große Auswahlmöglichkeit von den Veranstaltungsorten und Personen. Außerdem gefiel ihm die Symbolik des Tages: **7.7.1977**.

Als das Datum näher kam, wuchsen aber auch *seine* Ängste, überführt zu werden, und zwar schneller als sein Drang. **Er** ließ das Datum ungenutzt verstreichen.

In diesen warmen Tagen hatte der Kommissar mit dem Schlimmsten gerechnet. Als sie ohne eine Tat verstrichen, ließ bei ihm langsam, aber sicher das Stressgefühl nach. Ihm gelang es sogar, die Sommertage etwas zu genießen. Befreit von Sorgen verstieg er sich sogar ins Dichten: Ein Sommerregen ist erfreulich, ein Regensommer ganz abscheulich. …

Der Mörder hielt sich weiter zurück. Entscheidungsunfreudig und ängstlich schaffte **Er** es gegen seinen Drang bis in die Vorweihnachtszeit.

Doch schließlich verspürte **Er, Er** musste etwas unternehmen. **Er** hatte bereits begonnen, gegen den Drang anzufressen. Man sah bereits den Winterspeck.

Die bevorstehenden Weihnachtsfeiern im Bullensaal«, dem traditionellen Festsaal des Klosters Knechtsteden, wurden sein Ziel. **Er** wollte die Zeit bis dahin gründlich nutzen, seinen Plan zu optimieren. Bei den vielen großen Gänseessen um St. Martin beschloss **Er,** die Umstände bei solchen

Feiern im Kloster genau zu studieren und Möglichkeiten zu finden, ein weiteres Opfer auszuwählen und dabei die Tat, ungehindert durch die Häscher, zu genießen. Die Abendzeit schien ihm besonders günstig dafür. Auch wenn das Wetter sich bis Weihnachten noch ändern würde, konnte **Er** viele Einzelheiten erarbeiten und festlegen. Überraschend überkam ihn nach diesem Entschluss eine tiefe Ruhe.

**Er** nutzte die kommenden Wochenenden mit gutem Wetter dazu, sich unter die zahlreichen Besucher der Klosteranlage zu mischen. In legerer Wanderkleidung fuhr **Er** den großen Parkplatz an, der auf der Höhe des Restaurants Klosterhof mit seinem einladenden Biergarten lag. Von hier aus begann **Er** seine Erkundungsgänge. **Er** nahm eine Marlboro aus der Schachtel und blies den Rauch genüsslich in den Wind. Rauchen werde ich am Tag der Tat natürlich vermeiden, dachte **Er** dabei. Heute fühlte **Er** sich unter den vielen Besuchern damit sicher und wohl. **Er** hatte sein Ziel an diesem Sonntag kurz nach 10:00 Uhr erreicht, die Glocken der Basilika luden gerade die Gläubigen zur heiligen Messe ein. **Er** würde die Kirche erst später besuchen. Zunächst stand für ihn die gesamte Anlage im Fokus.

Im Innenbereich der Anlage inspizierte **Er** zunächst den Bullenstall mit seinen Zu- und Ausgängen. Einige waren erkennbar nur für das Personal, zwei andere boten Einlass für die Gäste. Allen war gemein, dass sie durch einen längeren Fußweg zum Parkplatzgelände oder auch zur Bushaltestelle führten. Besonders im Dunkeln bot der Weg ihm genügend Möglichkeiten, ein Opfer zu überraschen. **Er _würde dabei_** die Auswahl zwischen weiblichen Gästen und weiblichem Personal haben. Deren Verhalten wollte **Er** anlässlich der kommenden Martinsgansessen genauer studieren. Etwa 60 Meter vom Bullenstall Richtung Parkplatz ging ein schmaler Weg rechts ab, scheinbar ins Nirgendwo. Er berührte Nebenhäuser, die unbewohnt wirkten, zumindest selten benutzt. **Er** schlenderte diesen Pfad entlang. Ein unbewohntes Gebäude an dessen Ende, direkt rechts um die Ecke, hatte ein großes, rostiges Eisentor. Das Schloss sah aus, als sei es leicht zu knacken. **Er** betrachtete die Größe des Schlosses genau, man brauchte einen Buntbartschlüssel. Das machte ihn sicher, im väterlichen Werkzeugkeller einen passenden Dietrich zu finden. Das Innere dieses Gebäudes wollte **Er** sich unbedingt genauer anschauen. In seiner Vorstellung sah **Er** darin eine sichere Möglichkeit, sein Opfer zu töten und abzulegen. Über den engen Pfad konnte **Er** sein ruhiggestelltes Opfer in der Dunkelheit ungesehen bis zum Eisentor bringen und, vor fremden Blicken geschützt, mit ihm dahinter verschwinden.

Seine Erregung wuchs, als **Er** sich vor seinem inneren Auge vorstellte, wie angstfrei **Er** dort seine Tat genießen konnte. Die Ecke zum Tor war vom Bullenstall aus nicht einsehbar, würde still sein, niemand würde ihn stören. **Er** ging noch die weiteren Gebäude ab, doch keines schien ihm so passend für sein Vorhaben wie das mit dem Eisentor. Für heute hatte **Er** genug gesehen und war mit dem Ergebnis zufrieden. **Er** beschloss trotzdem, nicht einfach umzukehren, sondern wollte sich wie die anderen Besucher benehmen und für keinen Preis der Welt durch ungewöhnliches Verhalten auffallen. **Er** schaute sich zunächst noch etwas um.

Auf dem kleinen Friedhof beeindruckte ihn das Mahnmal *für die Gefallenen des* Zweiten Weltkriegs. Einzelne kleine weiße Quadrate wiesen ihre Namen auf. Aus der großen, rostigen Eisenplatte, die ein Fuß erhöhte, war durch das herausschneiden von vier Quadraten ein Kreuz sichtbar gemacht. Der Satz *Sie ruhen in anderer Erde* erinnerte daran, dass die Soldaten allein und ohne Angehörige in der Fremde gestorben waren. Die kleinen Steinkreuze auf grünem Rasen zierten die letzten Ruhestätten verstorbener Mönche des Klosters. Sein Opfer würde ganz in ihrer Nähe ruhen.

Die Basilika besuchte **Er** nur kurz. **Er** kannte ihr lichtes Innere. Vor der Pietà verweilte **Er** einen Moment. Sie zeigte Maria mit ihrem toten Sohn in den Armen. So wollte auch **Er** sein Opfer zur letzten Ruhe tragen. Das wird allerdings kaum, wie der Gottessohn, Ziel vieler Pilger, dachte **Er** aufgekratzt. Auch wird mein Gesicht nicht den Schmerz im Antlitz der Muttergottes zeigen. Mit erhobenem Haupt werde ich Zufriedenheit ausstrahlen, stellte **Er** sich vor.

Bei jeder seiner Inspektionsfahrten besuchte **Er** den Biergarten, trank ein schwarzes Bier und bestellte sich eines der deftigen, schmackhaften

Gerichte. Erst dann machte **Er** sich auf den Weg nach Hause zurück. Selbst auf der Rückfahrt ging sein Gehirn nicht in Ruhestellung. **Er** dachte weiter darüber nach, wie **ER** das Sicherheitsnetz für sich noch verbessern könnte. Zwei Punkte merkte **Er** sich vor: **Er** wollte herausfinden, wo er am Tatabend am besten parken sollte. War der große Parkplatz am Biergarten dann noch so gefüllt, dass sein Wagen unter den vielen anderen nicht auffiel? Oder sollte **Er** lieber auf einem der nahen Waldparkplätze parken und durch den Wald zur Klosteranlage gehen? Letztere Möglichkeit beinhaltete die Gefahr, dass einem späten Spaziergänger sein alleinstehender Pkw in Erinnerung blieb. **Er** blieb unschlüssig und schob eine Entscheidung vor sich her. Über einen anderen Umstand grübelte **ER** ebenfalls heftig nach. Nach seiner ersten Tat hatte die Polizei geeignete Täter in und um Königsdorf befragt, um sie als ernsthafte Verdächtige zu erkennen oder als Täter auszuschließen. Ihn hatten sie nicht erreicht. Seine Mutter hatte an seiner statt als behütende Glucke schlichtweg behauptet, **Er** habe zu dieser Zeit in einer anderen Stadt gearbeitet. Ihre Aussage war nicht weiter hinterfragt worden. **Er** musste also damit rechnen, dass die zweite Tat eine vergleichbare Befragung nach sich zöge. Dabei konnte **Er** sich auf keine weitere Schutzbehauptung verlassen. **Er** musste einen Weg finden, möglichst schon am Tattag Königsdorf vermeintlich für längere Zeit verlassen zu haben. Nun hatte **Er** eine wichtige Denksportaufgabe zu lösen. Als **Er** zurück in seinem Keller war, drehten sich seine Gedanken weiter darum.

An St. Martin machte **Er** seine letzte Erkundungsfahrt am Abend. Sie sollte eine Art Generalprobe werden. Dabei wollte **Er** die letzten Dinge abschließend festlegen, die noch offen waren. Im Internet hatte **Er** den Buchungsstand eingesehen. An diesem Abend wurde im Bullenstall ein großes Gänseessen veranstaltet. Aus dessen Ausgestaltung wollte **Er** wichtige Schlüsse ziehen.


Der große Parkplatz war in den Abendstunden schwach belegt. Dieser Umstand veranlasste ihn, für den Tatabend den Parkplatz am Waldrand zu wählen. Der würde zwar am Ende dieses Abends sicher ebenfalls leer sein, aber in dem kalten Winterwetter kaum noch angelaufen werden.

Dort würde also sein Wagen weniger auffallen als auf dem großen Parkplatz. Um sicher zu sein, fuhr **Er** zum Waldparkplatz. Er war völlig leer. Von dort aus nahm **Er** den Waldweg Richtung Klosteranlage. Mit einer kleinen Taschenlampe war der auch im Dunkeln gut zu gehen. Schon nach 20 Minuten trat **Er** aus den letzten Bäumen hinaus vor den Gebäudekomplex. Der Weg führte zu seiner Zufriedenheit direkt auf die leer stehenden Nebengebäude zu. Der tote Winkel zum Bullenstall und den anderen bewohnten Gebäuden erfreute ihn erneut. Vor dem Eisentor zog **Er** die Auswahl an Dietrichen aus seiner Tasche. Sie waren alle vier mit einem Ring verbunden. Schon der erste passte ins Schloss. Ein sattes Klicken zeigte an, dass **ER** es geöffnet hatte. Vorsichtig warf **Er** einen Blick in die Runde. Da niemand zu sehen war, öffnete **Er** das Tor, verschwand hinter ihm und zog es rasch zu. Erst dann leuchtete **Er** mit seiner kleinen Stablampe den Raum aus. Seine Erwartungen wurden mehr als übertroffen. Der Raum war nicht zugemüllt, sondern gut zugängig. In seiner rechten hinteren Ecke stand ein verschlissenes Polsterbett, das sich bestens als letzte Ruhestätte für sein Opfer eignete. Einige Jutesäcke konnten als Decke dienen. Das Glück war ihm hold. Aber **Er** wollte es nicht überstrapazieren. **Er** ging rasch zurück an die Tür und lauschte einen Moment nach draußen. **Er** öffnete sie vorsichtig, nur so weit, dass **Er** ohne Probleme hinausschlüpfen konnte. Dann machte **Er** sie wieder zu und schloss ab. Schnell entfernte **Er** sich und hatte schon bald wieder den Bullenstall vor Augen. Der Weg zum Parkplatz hin war in diesen Stunden wirklich so düster, wie **Er** das erwartet hatte. Nur ein großer Weihnachtsbaum mit elektrischen Kerzen auf einer Rabatte aufgestellt spendete jetzt schon spärliches Licht. Mit dem Weihnachtsschmuck scheint es hier wie in den Supermärkten zu sein, genauso früh, nur nicht so farbig, dachte **Er**. Kurz davor ging der dunkle Pfad rechts weg Richtung eisernes Tor. In diese Richtung gab es wirklich kein Ziel, das man zu diesen Stunden anlaufen musste. Alles war perfekt.

Nun wollte **ER** noch zuschauen, wie sich der Bullenstall am Ende der Veranstaltung leerte. Auch wenn es draußen nicht kalt war, hatte **Er** nicht vor, bis dahin draußen herumzulungern. **Er** beschloss, fürs Erste im Klosterhof ein Abendbrot zu sich zu nehmen. Es bestand kein Grund, es sich nicht bequem zu machen. Einen Bezug zwischen St. Martin und dem ersten Weihnachtstag hinsichtlich seiner Person würde wirklich niemand suchen. **Er** würde außerdem später immer noch lang genug draußen im Verborgenen stehen müssen.

Das Ende der Veranstaltung brachte ihm wichtige Erkenntnisse. Zu seiner Überraschung traten einige Kellnerinnen einzeln schon kurz vor den Gästen ihren Heimweg an. Die Hauptservicezeit war vorbei und der Geschäftsführer war um die Einsparung von Personalkosten bemüht. Man musste in diesem Geschäft genau kalkulieren. Kurz danach kamen die ersten Gäste, wenige zunächst, die sich früher als die mit Sitzfleisch verabschiedet hatten. In beiden Gruppen sah **Er** die beste Chance, sein Opfer zu finden. Wenn das nicht gelang, blieb ihm immer noch der große Rest als Reserve.

Nun konnte **ER** beruhigt nach Hause fahren. Nur noch eine Beschäftigung an einem anderen Ort während der Tatzeit musste **Er** finden. …

# 25. Dezember, der zweite Weihnachtstag
wird zum Tattag

Der 25. Dezember begann mit eisiger Kälte und leichtem Schneeregen. Niemandem war es danach, vor die Tür zu gehen. Drinnen in den weihnachtlich geschmückten Häusern war es gemütlicher.

Winfried Schuler saß mit seiner Ehefrau Wilma am Frühstückstisch, direkt neben dem leuchtenden Christbaum vor einem leichten Frühstück. Sie hatten nur einige Scheiben Toast, Butter und drei Marmeladensorten eingedeckt. Beide waren willens, ihren Hunger für das abendliche Gans-Menü zu behalten, was an diesem Datum jährlich mit der gesamten Familie zelebriert wurde. Wilma war weniger am Essen interessiert und machte sich darüber keine Gedanken. Wilfried hingegen als Gourmet und Gourmand hatte sich das Menü schon mehrfach lustvoll vor Augen geführt: Zunächst gab es eine Rinderkraftbrühe mit Eierflocken, Markklößchen und Nierenstücken. Von denen gaben viele seiner Nachfahren aus ihren Suppentassen mit Goldrand als kleine Liebesbezeugung immer das ein oder andere Stückchen an ihn ab. Diese delikate Suppe gab er in jedem Restaurant nach dem Rezept seiner Mutter in Auftrag. Auch der Hauptgang mit dem Gänsebraten hatte eine traditionelle Rezeptur. Im ersten Ofengang wurden die Gänse nur mit einer Brotmasse gefüllt, damit das viele Fett aus dem Federvieh beim Braten nicht in die endgültige Füllung lief. Die wurde erst im zweiten Gang eingefüllt. Die Füllung war reichlich mit zerkleinerter Gänseleber durchsetzt und hatte deren besonderen Geschmack. Schon beim Denken darüber lief Winfried Schuler das Wasser im Mund zusammen. Alle Zutaten waren genau vorgegeben: weiß geschwefelte Klöße halb und halb, Maronen in würziger Sauce, Rosenkohl und Rotkohl sowie als Extrawurst für ihn ein Feldsalat mit hart gekochten Eistückchen. Das Apfelkompott dazu musste aus Cox Orange sein, leicht mit Rum parfümiert und weichen Rosinen darin. Zum Nachtisch gab es frische Erdbeeren mit Vanilleeis und geschlagener Sahne. Für diejenigen wie ihn, die eher etwas Herzhaftes vorzogen, gab es eine Auswahl von reifem französischen Käse mit verschiedenem Brot. Dazu wurde ein schwerer Burgunder gereicht. Von allem war reichlich geordert, sodass jeder Wunsch am Tisch erfüllt werden konnte. Kurz vor Ende der Veranstaltung wurde seinen Kindern jährlich ein besonderer Wunsch erfüllt. Es gab zum Abschied Hummer satt mit Mayonnaise und herrlicher Sauce. Solange er diesen Gang zahlenmäßig eingeschränkt hatte, hatte es immer Futterneid gegeben. Inzwischen waren die Portionen so gut bemessen, dass man locker noch etwas mit nach Hause nehmen konnte. Unter den männlichen Gästen wurden später die Knochengerüste verteilt. Es war eine abgesprochene Übung, sie am nächsten Morgen beim Frühstück zu essen und aneinander zu denken. Er schmunzelte vor sich hin über diese Tradition, der er sich ebenfalls gern anschloss. Er gab vor, dass dafür immer noch reichlich Gänsefleisch an den Knochengerüsten blieb.

Als er aus dieser schönen Gedankenwelt zurückkehrte, wandte er sich an seine Frau: »Schatz, hast du eine Ahnung, was unsere Lieben dieses Jahr zum Fest vorführen? Hoffentlich nicht wieder die Weihnachtsgeschichte auf Latein oder Weihnachtslieder mit der Posaune gefurzt und auf dem Klavier geklimpert.«

»Winfried, du bist undankbar. Die Kleinen geben sich jedes Jahr solche Mühe. Ich freue mich schon über ihre aufgeregten roten Wangen, wenn sie vor dem Auftritt stehen. Sie sind schließlich keine Profis, aber alles ist mit Liebe vorgeführt.«

»Du musst nicht gleich böse werden. Das sollte doch nur ein Witzchen sein. Außerdem bin ich, wie jedes Jahr, neugierig, was auf uns zukommt. Kannst du mir das nun verraten, oder nicht?«

»Nun ja, ich habe etwas unter der Hand gehört, sie wollen ein Krippenspiel aufführen. Als kleines Theaterstück und auch noch verkleidet. Der Clou an der Sache ist, sie haben das Stück nie zusammen eingeübt. Jeder hat seine Textliste bekommen und musste sie auswendig lernen.

Erst kurz vor der Aufführung findet die Generalprobe statt. Wir können also wirklich neugierig sein. Die kleine Viola hat mir das Geheimnis verraten. Natürlich unter dem Siegel der Verschwiegenheit. Sie selbst muss nur einen Satz sagen. Der blieb ihr Geheimnis.«

Das Paar ließ das Frühstück gemächlich ausklingen. Eigentlich hatten sie vorgehabt, einen Weihnachtsspaziergang zu machen. Doch das garstige Wetter hielt sie davon ab. Sie blieben noch für längere Zeit in Räuberzivil, lasen und hörten Musik. Winfried plante später noch zur Stärkung einen kurzen Mittagsschlaf. Gegen 17:30 Uhr wollten sie im Bullenstall des Klosters Knechtsteden sein.

Ihre Kinder brachen noch etwas früher auf. Sie mussten ihrem Nachwuchs noch die Generalprobe ermöglichen. In ihren Pkws herrschte große Aufregung vor dem Auftritt.

Sie fuhren vorsichtig, denn es klatschte leichter Schneeregen an die Frontscheiben, und es wurde kälter. Man konnte nicht sicher sein, ob die Straßen glatt würden. Die Wettervorhersage hatte angekündigt, dass die Temperaturen spätestens in den nächsten fünf Tagen unter den Gefrierpunkt rutschen würden.

Detlef Schuler, der älteste Sohn von Winfried und Wilma, führte das Kommando. »Gott sei Dank haben wir alle unsere Mäntel dabei. Wir müssen ein ganzes Stück zu Fuß gehen.« In Richtung seiner Kinder ergänzte er: »Und wir müssen eure Staffage tragen, die Kostüme, die Tiere und die Krippe mit dem Kind.«

Die Kinder hatten lange gewerkelt. In der Kofferkammer lagen drei aus Pappe ausgeschnittene Kamele, eine Kuh, ein Esel und zwei Schafe. Alle Tiere waren hübsch angemalt. Für die Heiligen Drei Könige, Maria und Josef, drei Hirten, zwei Wirte und einen Stern waren die Kostüme in einem kleinen Koffer. Nun hieß es nur noch gut und pünktlich ankommen.

Detlef Schuler freute sich auf einen gemütlichen Abend und war sehr stolz auf seine Kinder, denn natürlich hatte er ihren Eifer zu Hause mitverfolgt. Einmal gelang es ihm sogar, ein Telefongespräch mitzubekommen, in dem die Youngsters ihre Texte ausgetauscht hatten. Die wurden danach in den einzelnen Haushalten auswendig gelernt und sollten nun in der Probe endlich zusammengeführt werden. Detlef war immer schon eine Neugiernase gewesen. Seine Mutter erzählte gerne davon, dass er als Kind seinen jüngeren Geschwistern gegen Bezahlung ihre Weihnachtsgeschenke vorhergesagt hatte. Wie er das geschafft hatte, hatte er lange für sich behalten. Dabei war es doch ganz einfach gewesen: Er hatte die Verpackungskisten im Müll angeschaut und die Aufschriften mit den Wunschlisten seiner Geschwister verglichen. Damit hatte er viele Treffer erzielt, bevor ihn seine Mutter endlich ertappt hatte. Für die Geschenke seiner Kinder hatte er daraus gelernt. In der Mülltonne war nie etwas zu finden. Die Pappreste hatte er in seinem Büro entsorgt. Er schmunzelte leise vor sich hin und fuhr ruhig weiter.

Mit dem Fußweg hatten die Familienmitglieder Glück. Den Fahrern war es möglich, über den Parkplatz hinaus näher an den Bullenstall heranzufahren. Sie ließen sie dort aussteigen, wendeten und parkten auf dem Parkplatz ein. Damit hatten nur sie den längeren Weg zu bewältigen. Das machte wirklich keinen Spaß.

Die Orgel tönte durch die geschlossene Tür der Basilika. Viola fragte ihre Mutter, ob wohl der Pfarrer darin sei. »Ich würde ihn so gerne sehen. Der ist so schön bunt und mit Gold bestickt, viel hübscher als unserer. Der ist ganz schwarz und sieht aus wie ein Schornsteinfeger. Nur weil wir evangelisch sind.«

Ihre Mutter lachte hell auf. »Ich glaube da finden wir zurzeit nur den Organisten. Der übt bestimmt für die nächste Messe. Und du solltest dich lieber sputen. Du musst deine Rolle üben.« Zerknirscht trottete die Kleine weiter. Der Stolz, bald eine Schauspielerin zu sein, war für den Moment in den Hintergrund getreten.

Für ihre Kinder und deren Probe bekamen sie problemlos einen kleinen Nebenraum zu Verfügung gestellt. Sie selbst blieben im Festsaal und sahen sich neugierig um.

Der große Raum war festlich geschmückt. Ein großer Tannenbaum mit viel Lametta, bunten Kugeln und elektrischen Kerzen war ein echter Blickfänger. Auf der langen Tafel lagen Tannenzweige als Dekoration.

Auch ein kalter Wintertag konnte gemütlich sein, wenn das Feuer im Kamin prasselte, selbst wenn der Wind draußen eisig um die Hausecken pfiff, war die allgemeine Meinung. Aus dem Nebenraum hörten sie Kinderlachen und hektische Geräusche. Anscheinend verlief die Probe erfolgreich. Ein großes Hallo setzte ein, als das Seniorenpaar den Raum betrat. Viele Küsschen wurden gewechselt. Die beiden Ältesten sonnten sich unter diesen Liebesbeweisen.

Der Senior sah sich dabei möglichst unauffällig um und checkte ab, ob seine Lieben angemessen bekleidet waren. Mit dem Ergebnis seiner Überprüfung war er zufrieden. Alle hatten sich an die Etikette gehalten.

Detlef Schuler rollte mit den Augen und sah Hilfe suchend zu seiner Frau hin, als die Musik einsetzte.

Vaters liebste Weihnachtskassette, »The Christmas Songs« von Mahalia Jackson, schalte ab nun in dauerndem Rundlauf durch den Saal.

Die Zeilen »Silent Night, Holy Night; Walking to Jerusalem; Sweet little Jesus Baby; O little Town of Bethlehem« eierten schon leicht durch das jährliche, oftmalige Abspielen. Der alte Fuchs hatte die Weihnachtskassette in den Bullenstall geschickt! Aber letztlich gehörten diese Töne einfach zu dem großen Familienfest dazu, dachte Detlef versöhnt.

Die Tür zum Nebenzimmer ging auf. Die Kinder stürmten in ihren Kostümen herein. Sie waren sich sicher, dass ihre Aufführung nun das Wichtigste war. Doch sie hatten nicht mit dem Alten gerechnet. Für ihn gehörte dieses Spektakel erst vor die Nachspeise. Erstens hatte er Hunger und zweitens durften die Gänse nicht verbrutzeln. Trotz der vielen enttäuschten Kindergesichter, die ihn anschauten, setzte er seine Meinung mit der entsprechenden Belehrung durch. Die Corona ging also zu Tisch, nachdem man sich unter dem Weihnachtsbaum aufgestellt hatte, um »Stille Nacht, heilige Nacht« zu singen. Dieses Mal gelang es einem der älteren

Jungen, den ersten Ton anzustimmen. Er war damit äußerst tief, was die vielen Frauen zu Stimmakrobatik zwang, um ihre dazu passende Stimmlage zu finden. Der Streit darüber hinterher war an diesem vermeintlich friedlichen Abend vorprogrammiert.

Winfried Schuler hatte sich, wie jedes Jahr, einige Begrüßungsworte zurechtgelegt. Die Worte, die sie zu hören bekamen, kamen der Familie zu Recht bekannt vor: Großfamilie, Zusammenhalt, Tüchtigkeit und Leistung als Voraussetzung für ein solches gediegenes Miteinander wurden als Kette von Feststellungen aufgereiht. Die Rede blieb Gott sei Dank kurz. Der Chef hatte Hunger!

Loyal prostete er mit einem Glas Champagner in die Runde, setzte sich hin und erwartete die Suppe nach dem Rezept seiner Mutter. Sein Gesicht war zufrieden. Alles lief nach seiner Regie und seinem Gusto. Er freute sich schon auf die vielen Nierenstücke, die ihm bald gebracht werden würden. Er liebte sie und seinen Nachwuchs für diese Geste.

Auch Gans und Beilagen waren zu seiner Zufriedenheit. Die Gänse waren kross, aber saftig und die Füllung schmeckte herrlich nach Leber. Die Esskastanien waren auf den Punkt zubereitet, das Apfelmus aus Cox Orange alla Mutter war perfekt. Die Weine hatte Wilfried vorab probiert, sie mussten also gut sein.

In dieser Zufriedenheit rückte der Zeitpunkt der Aufführung des Krippenspiels immer näher. Die Enkel wurden unruhig und bald wieselte vor der Tafel ihre große Zahl, schleppte die Requisiten herbei und stellte die Krippe mit dem Jesuskind auf seinem Platz. Dann bauten sie sich selbst in ihren Kostümen in einer Linie auf. Gespannte Ruhe trat ein. Der Stern trat vor und begann:

**Ein Stern**
»Heute berichte
ich die Weihnachtsgeschichte.
Dort kommt ein Mann mit seinem Weib.
Mühsam geht es mit schwangerem Leib.«

**Maria**
»Josef mir wird bang.
Laufen kann ich nicht mehr lang.«

**Josef**
»Dort hinten kann man schon Bethlehem sehen.
Liebe Frau, wir müssen weitergehen.
Die Zählung ist ein Gebot.
Fürs Verweigern uns Strafe droht.
Dort finden wir ein Zimmer zur Rast.
Vorbei ist dann Mühe und Last.«

**Maria**
»Aber bald, aber bald!
Sonst kommt das Kind im garstigen Wald.«

**Ein Stern**
»An der ersten Herberge klopft Josef an.
Die Tür wird ihm alsbald aufgetan.«

**Der Wirt**
»Kein Zimmer ist mehr frei um diese Zeit.
Zieht bitte weiter, es tut mir leid.«

**Ein Stern**
»Sie schleppen sich weiter zum nächsten Ort,
doch auch dort:«

**Der Wirt**
»Meine Betten sind voll,
doch bleibt ohne Groll.
Legt euch im Stall zur Ruh,
zwischen Esel, Schafen und Kuh.«

**Ein Stern**
»Ich leuchte direkt über dieser Stell'.
Mein Licht ist fröhlich und hell.
Hier geschieht eine Besonderheit
für die gesamte Christenheit.
Hirten, die zwischen ihren Schafen schlafen, kommen herbei,
Kyrielei!
Dort liegt in Windeln gewickelt ein Kind,
geschützt vor dem draußen tobenden Wind.«

**Einer der Hirten**
»Hier wurde ein König geboren,
zu unserem Retter erkoren.
Kniend wollen wir ihm angedenken,
und unsere Herzen und Liebe ihm schenken.«

**Ein Stern**
»Ich fasse es nicht,
mit meinem Licht
habe ich die Hirten herbeigeleitet.
Durch noch mehr Strahlen wird der Weg bereitet,
für mehr,
die locke ich her.«

**König 1**
»Der Ort scheint noch fern.
Folgen wir dem Stern.«

**König 2 vor der Krippe**
»Wir sind die drei Weisen,
bringen dem Kindlein von unseren Reisen,
Gold, Myrrhe und Weihrauch.
So will es der Brauch.«

**König 3**
»Was wir hier finden,
lasst uns verkünden.
Ein Kindlein geboren,
zum Heiland auserkoren.«

**Ein Stern**
»Besiegelt ist, was hier geschah.
Der Weltenretter ist jetzt nah.
Er will euch allen etwas geben.
Nehmt etwas mit von seiner Liebe und seinem Leben.«

**Viola, das Nesthäkchen**
»Halleluja!«

Nach dem erfolgreichen Ende brach Jubel aus. Es wurde lange geklatscht.
Die Wangen der Kinder röteten sich vor Freude. Klein-Viola war total aus
dem Häuschen. Sie rannte zu ihrem Großvater hin und fragte ihn mit
todernstem Gesicht: »Opa, war ich eine gute Schauspielerin?«

Winfried Schuler streichelte ihr über den Kopf und schaute sie liebevoll
an. »Du warst ein Star, mein Schatz«, erwiderte er und machte damit ein
Kinderherz sehr glücklich. Auch Großmutter war voll des Lobes.

Bald war die Raumecke, in der drei mächtige Sofas um den Kamin standen, von den Jugendlichen erobert. Sie alberten darauf oder guckten ver-
träumt in die Flammen. Auf den niedrigen Tischen standen Gläser mit
ihren Lieblingsgetränken. An diesem Festtag war sogar Coca-Cola gestat-
tet. Ein leichter Duft von Zimt, Anis und Bratäpfeln schwängerte die Luft.

Auch **Er** war auf den Punkt bereit. **Er** hatte seine geplante Abwesenheit
vor dem Tatabend bestens gelöst.

In Essen hatte **Er** einen Bauträger gefunden, der ihn bereits vor den
Festtagen kurzfristig als Minijobber eingestellt hatte. **Er** sollte bis zur

Wiederaufnahme der Arbeit in Königsdorf Mitte Januar dessen Baustelle bewachen. Sein Königsdorfer Arbeitgeber hatte aus Gründen des schlechten Wetters und der vielen Feiertage bis dahin den Betrieb geschlossen und die Mitarbeiter in verordneten Urlaub geschickt.

**Er** konnte in Essen für diese Zeit in der Bauhütte schlafen. Zusätzliche Mietkosten entstanden ihm nicht.

Schon vor Heiligabend hatte **Er** seine Kellerwohnung im Elternhaus verlassen, sich von den Eltern wortkarg verabschiedet und sie wieder einmal verbittert und enttäuscht zurückgelassen, weil **Er** kein Interesse zeigte, Weihnachten bei ihnen zu sein. **Er** erklärte kurz angebunden, **Er** würde in Essen einen Kurzzeitjob erledigen.

**Er** hinterließ die Wohnung klinisch rein gesäubert.

**Er** hatte alles auf den Kopf gestellt, bis **Er** sich sicher war, dass nirgendwo Spuren vorhanden waren, die auf seine Tat hindeuteten.

Sein Vater hatte hinter ihm hergerufen: »Du brauchst am liebsten gar nicht mehr wiederzukommen.«

**Er** grinste nur darüber, denn **Er** wusste genau, dass **Er** das nicht ernst nehmen musste. Seine Mutter würde dazu das letzte Wort haben.

So logierte **Er** schon seit Heiligabend in der Bauhütte. Ein Gasofen sorgte für wohlige Wärme. In einem Ecklokal war **Er** essen und durch sein Verhalten bemüht aufzufallen. Fast den ganzen 25. Dezember blieb **Er** auf der Baustelle sichtbar. Seine kurze Abwesenheit würde nicht weiter auffallen. **Er** ließ es darauf ankommen, dass bei diesem Hundewetter niemand vor die Tür ging, um Baumaterial oder Geräte zu klauen. **Er** wollte sich sputen.

Kurz vor der Dämmerung machte **Er** sich auf den Weg nach Knechtsteden. **Er** hatte den Wagen etwas entfernt von der Baustelle geparkt, damit dort sein Wegfahren niemand auffallen konnte.

Die Straßen waren fast verkehrsfrei. **Er** würde sein Ziel in einer Dreiviertelstunde erreichen.

Schon zwei Kilometer, bevor **Er** in den Weg zum Waldparkplatz einbog, kam ihm der letzte Pkw entgegen. Durch den Schneeregen war die Sicht so schlecht, dass dessen Fahrer nicht einmal die Farbe seines Wagens erkannt haben konnte. **Er** selbst war keinesfalls erkennbar gewesen. **Er** war dunkel gekleidet und trug eine schwarze Kappe tief ins Gesicht gezogen. Auf dem Parkplatz parkte **Er** den Wagen im hintersten Eck. Auch wenn das Wetter mies war, verspürte **Er** so viel Adrenalin in sich, dass **Er** voller Elan ausschritt. Die wenigen notwendigen Dinge hatte **Er** sorgsam am Leib verstaut.

Die Dämmerung war schon weit fortgeschritten und **Er** musste ab und zu seine Stablampe anmachen, um die Richtung zu halten. Das Wetter veranlasste ihn, schnell zu laufen. Schon bald lag der Gebäudekomplex vor ihm.


Die Nebenhäuser waren, wie erwartet, dunkel und unbewohnt. Vor dem Haus mit der Eisentür stoppte **Er. Er** wollte das Tor aufschließen und dahinter nach einem kurzen Kontrollrundgang bis zur Zeit seines Zugriffs verweilen. Das Tor ließ sich problemlos öffnen. **Er** schloss es wieder fest und machte sich auf den Weg. Erst hinter der Biegung zum Bullenstall brannten einige Lampen schwach hinter den Gardinen. Außen blieb alles still. Niemand kreuzte seinen Weg und störte ihn. Mit einem Blick durch die Fenster zum Bullenstall wollte **Er** einen Eindruck über den Stand der Feierlichkeiten gewinnen.

Der Blick auf das Innere des Saales war von den Regenstreifen auf dem Fenster verzerrt. Die Personen drinnen bewegten sich dadurch abgehackt. Das Ganze hatte aber den Vorteil, dass **Er** draußen in der Dämmerung für ihre Augen völlig unsichtbar blieb. Sie hatten schon das Festmahl hinter sich. Redeten angeregt, einige rauchten, der Senior sogar eine Zigarre. Die Kinder durften in der Ecke ein wenig ausgelassen toben. Das Fest würde sich sicherlich noch mehr als eine Stunde hinziehen. **Er** beschloss, solange hinter dem Eisentor Schutz zu suchen. **Er** würde danach bestimmt noch lange genug in der Kälte auf sein Opfer warten müssen. Auch auf dem Weg zurück zur Eisentür kam ihm niemand in die Quere.


Das Warten in der Dunkelheit wurde zur Qual, während nur wenig entfernt in vollen Zügen gefeiert wurde. Immer wieder sah **Er** auf das Leuchtzifferblatt seiner Uhr, bis endlich der Moment gekommen war, in dem **Er** sich draußen postieren wollte.

**Er** hatte den Zeitpunkt vorsichtig berechnet. Es sollte noch eine längere Wartezeit auf ihn zukommen.

Endlich, der Geschäftsführer schaute sich um. Die ersten Gäste begannen sich zu verabschieden. Der Aufbruch hatte begonnen. Er konnte das Servicepersonal reduzieren.

Er winkte seine Favoritin herbei. Melanie **Dörfer im** schwarzen Kostüm und der weißen Schürze eilte zu ihm hin und sah ihn fragend an.

»Es geht hier bald dem Ende zu. Du hast den weitesten Heimweg und darfst dich deshalb bereits dezent auf den Weg machen. Pass bitte auf, dass du den Gästen nicht in die Quere läufst. Also, tschüss. Ich bin zufrieden mit dir.«

Melanie schenkte ihm ein warmes Lächeln, machte einen neckischen Knicks und nahm ihn beim Wort. Sie wartete ruhig einen Moment ab, an dem gerade niemand der Gäste aufbrach, und verschwand gut eingemummelt nach draußen.

Als Melanie Dörfer nur noch etwa 50 Meter von dem Weihnachtsbaum auf dem Rondell entfernt war, löste sich ein Schatten von einer Hauswand, und von hinten traf sie die Wucht eines Elektroschockers, bis sie bewusstlos zusammensackte. **Er** war gewohnt, schwer zu tragen. Als **Er** sie anhob, erschien sie ihm leicht wie eine Feder. Mit drei großen Schritten war **Er** mit ihr in dem engen Weg, der zum Haus mit dem Eisentor führte, verschwunden. Niemand hatte ihn gesehen. Jetzt musste **Er** nur noch ungesehen an den Tatort gelangen. Dann konnte **Er** seinen Triumph genießen.

Alles lief reibungslos, bis **Er** sie in dem dunklen, kühlen Raum niedergelegt hatte. Melanie Dörfer war noch nicht aufgewacht. Auch wenn **Er** sich dadurch nicht an ihrer Angst weiden konnte, wollte **Er** ihre Hilflosigkeit nutzen, seine Tat zu vollenden. Wie bei Schneewittchen legte **Er** sie mit dem Gesicht zur Erde hin ab und drückte es mit den Händen, die in medizinischen Gummihandschuhen steckten, fest in den Staub. Erst nach längerem Drücken drehte **Er** ihren leblosen Leib um und drückte der jungen Frau nochmals minutenlang die Nase zu, damit der letzte Lebensfunken aus ihrem Körper floh.

**Er** genoss diese Zeitspanne, und sein Glied stellte sich auf. **Er** registrierte jedoch enttäuscht, dass es auch dieses Mal zu keinem Samenerguss reichte. Konnte ihm jetzt schon eine solche Tat keine volle Befriedigung mehr geben?, fragte **Er** sich vergrätzt. **Er** legte sie auf dem Polsterbett ab, deckte den Körper mit den Jutesäcken zu und verließ den Tatort. **Er** wählte denselben Weg, den **Er** gekommen war und erreichte ungesehen seinen Wagen.

In gemischter Stimmung fuhr er Richtung Essen. Die Tat hatte ihm nicht das gebracht, was **Er** so stark ersehnt hatte. Den Wintermantel wollte **Er** am frühen Morgen auf der Baustelle verbrennen, nachdem **Er** alle Taschen gründlich geleert hatte. Auch seine Arbeitsschuhe wurden dieses Mal auf Nimmerwiedersehen gehimmelt. **Er** wollte alle Spuren beseitigen, die zu ihm führen konnten.

Nach der Rückkehr parkte **Er** den Wagen erneut in einiger Entfernung zur Baustelle und ging zu Fuß zu ihr hin, ohne dass ihm jemand begegnete. **Er** war fest überzeugt, für alle war **Er** nie weg gewesen. **Er** blieb bei dieser Einschätzung, nachdem **Er** im Warmen noch mal länger nachgegrübelt hatte, ob **Er** irgendetwas Wichtiges vergessen hatte. Ihm fiel beim besten Willen nichts ein. Nach der langen auferlegten Anspannung ließ **Er** endlich los. Erschöpfung trat ein, und **Er** beschloss, sich bald hinzulegen. Für Heiligabend hatte **Er** sich eine Flasche Rotwein gekauft. **Er** schüttelte den Rest, der noch da war, in einen Becher und trank ihn in langsamen Schlucken. **Er** verspürte alsbald ein Gefühl der Ruhe und schlief ein. Der Tag war erfolgreich gewesen, hatte aber nicht ganz den erträumten Lustgewinn gebracht.

# Ein Tag nach den Festtagen wurde zum Trauertag

Das Haus mit dem Eisentor wurde eher wieder genutzt, als der Mörder vermutet hatte. Die Uhr zeigte am 26. Dezember 5:30 Uhr. Hinter den Vorhängen des Bullenstalls hatte man schon längst mit Aufräumarbeiten begonnen.

Bei Familienfeiern waren die Toiletten- und Waschräume meist sauberer als bei Firmenfeiern. Das war auch an diesem Tag der Fall. Stattdessen musste aber die gesamte Weihnachtsdekoration eingemottet werden, und zwar so, dass sie in einem Jahr wiederverwendbar war. Für die Einlagerung war das Haus mit dem Eisentor vorgesehen. Zunächst wurde alles im Bullenstall sortiert, und, wenn es sauber war, verpackt. Ein Großteil der Dinge musste erst mal gereinigt werden. Deshalb begann die Einlagerung erst zwei Tage nach der letzten Weihnachtsfeierlichkeit.

Trotz des kurzen Wegs wurden wegen des schlechten Wetters alle Posten mit dem Kastenwagen zur Lagerstelle transportiert. Nässe war schädlich für die meisten Dinge. Als das Tor geöffnet war und die Frontscheinwerfer in das Dunkel der Halle strahlten, schreckte der Fahrer auf. Auf dem Polsterbett lag eine menschliche Gestalt. Der erste Gedanke galt einem Obdachlosen, der sich hier eingenistet hatte. Nachdem die Person sich selbst beim Hupen nicht bewegte, stieg der Fahrer aus, um sich die Gestalt näher anzusehen. Auch wenn der größte Teil des Körpers mit Jutesäcken abgedeckt war, ein schmutziges Frauengesicht schaute ihn an. Die Augen waren weit aufgerissen, die Lippen bläulich gefärbt. Auf dem Nasenrücken zeigte sich ein Muster geplatzter Äderchen. Der Mann gehörte seit zehn Jahren zur Stammbelegschaft. Die meisten Mitarbeiter waren ihm bekannt. Er kannte auch Melanie Dörfer, und voll Schrecken erkannte er sie. Sie lag da und war unzweifelhaft tot. Unter den Jutesäcken lugten ihr schwarzes Servierkleid und die weiße Schürze hervor. Der Fahrer gab sofort Alarm. Melanie Dörfer war ermordet worden.

Das Tor wurde vorerst geschlossen und verriegelt. Man wartete auf die Polizei. Nach einer Dreiviertelstunde kamen mehrere Polizeiwagen aus Dormagen. Nach den am Telefon erhaltenen Schilderungen hatte man alles für die Revision eines Tatorts dabei. Ein Kommissar leitete die Gruppe. Schnell war der Ort mit dem üblichen Klebeband gesichert. Alle Personen mit Zugangsberechtigung zum Tatort trugen die bekannten Schutzanzüge nebst Spezialschuhen und Handschuhen.

Der Fotograf schoss die ersten Fotos. Die Spurensuche wurde aufgenommen, und die Gerichtsmedizinerin und der Kommissar näherten sich dem Opfer. Die Spurensucher bargen eine Handtasche neben der Toten. In ihr fanden sie eine Geldbörse mit etwas Bargeld, ein weißes Leinentaschentuch, einen Kugelschreiber mit der Aufschrift »Bullenstall« und eine Plastikhülle, in der sich ein Personalausweis befand. Alles wurde fotografiert und zunächst erkennungsdienstlich ausgewertet. Auf dem Boden neben dem Opfer entdeckten die Beamten Trittsiegel von Arbeitsschuhen. Auch die wurden fotografiert, vermessen und zur Sicherung mit Gips verfüllt.

Vom Opfer wurden erste Fotos im Originalzustand gemacht. Es war bekleidet mit einem dunklen Wintermantel aus Webpelz, darunter einem schwarzen Kleid mit einer weißen Schürze. Erst dann wandten sich der Arzt und der Kommissar dem Opfer zu. Die ersten Äußerungen über seinen Befund machte der Gerichtsmediziner: »Die Todesstarre ist noch vorhanden. Sie löst sich nach zwei Tagen wieder auf. Das passt zu unseren Informationen. Vor knapp zwei Tagen war das Opfer noch im Service tätig. Dazu passt auch, dass die Leichenflecken noch sichtbar sind. Die Staub- beziehungsweise Erdspuren, die sich Richtung der Nasenlöcher verdichten, lassen vermuten, dass das Opfer gezwungen wurde, diesen Dreck einzuatmen. Im zweiten Zug dürften ihr Mund und Nase zugehalten worden sein. Danach ist der Tod durch Sauerstoffentzug eingetreten. Ich sehe keine Hinweise für eine andere Tötungsart. Es fehlen dunkle Einfärbungen von Würgespuren durch Zusammendrücken des Halses durch die Hände oder auch durch einen Arm. Keine Wunde ist sichtbar, die auf einen tödlichen Schlag hindeuten könnte. Stichverletzungen oder Schussverletzungen sind ebenfalls nicht zu sehen.«

Für diese Feststellung hatte der Arzt den Leichnam einmal um seine Achse gedreht und die gesamte Körperfläche intensiv in Augenschein genommen. »Hinten im Nackenbereich sehe ich nun doch zwei zarte Brandspuren. Meines Erachtens sind sie von einem Elektroschocker. Der Mörder hat damit sein Opfer wahrscheinlich draußen vor der Tür betäubt und dann hierher gebracht. Ich möchte davon noch Fotografien haben. Die Wunde schaue ich mir bei der Obduktion noch genauer an.

Die eisige Kälte ist dafür verantwortlich, dass Melanie Dörfer keinen fortgeschrittenen Verwesungsstand zeigt. Auch Befall durch Insekten oder gar Tierfraß ist nach erster Revision nicht gegeben.« Er maß die Temperatur, die nur kurz über dem Gefrierpunkt lag, was seine Annahmen untermauerte.

Kommissar Klaus Kunert hatte aufmerksam zugehört. Jetzt meldete er sich zu Wort: »Alles, was Sie feststellen, lieber Doktor, erinnert mich an einen ungelösten Mordfall in Frechen-Königsdorf, der immer noch durch die Blätter geistert. Um meine Vermutung zu verifizieren, würde ich gern noch vor Abtransport der Leiche Kontakt dorthin aufnehmen und um Augenscheinnahme bitten.«

Der Mediziner war sofort einverstanden. »Vier Augen sehen meist mehr als zwei. Eine sachverständige zweite Überprüfung geben auch meinen Vermutungen mehr Sicherheit. Sollte es sich wirklich um ein Folgeopfer durch einen Serientäter handeln, braucht jeder von uns Zugang zu allem vorhandenen Wissen.«


Die Station in Königsdorf war besetzt. In ganz kurzer Zeit erfolgte ein Rückruf: Kommissar Christian Matzke und Frau Dr. Möller waren im Anflug.

Der Geschäftsführer des Bullenstalls bot den Anwesenden bis zur Ankunft der Kollegen eine Kaffeepause im Bullenstall an. Das Angebot wurde dankbar angenommen.

Einer der Schutzpolizisten nahm derweil die Informationen zur letzten Veranstaltung auf. Besonders interessant schien ihm, dass man mit Melanie Dörfer das Reduzieren des Personals begonnen hatte, als die ersten Gäste zum Aufbruch bliesen. Melanie hatte sich deshalb ganz allein auf den Weg gemacht und der Geschäftsführer haderte sehr mit sich selbst: »Hätte ich sie nicht früher nach Hause geschickt, würde sie wahrscheinlich noch leben. Mit dieser Tatsache ist es schwer, ohne Schuldgefühle zu leben.«

Betretenes Schweigen füllte den Raum. Es gab keinen Widerspruch und auch kein tröstendes Wort.

Wahrscheinlich wäre Melanie Dörfer ansonsten wirklich noch am Leben gewesen.


Als der Kommissar Matzke mit Frau Dr. Möller ankam, traf er mit Klaus Kunert auf einen alten Bekannten. Die beiden Männer hatten sich auf einem Lehrgang kennen und schätzen gelernt und waren zum Du gekommen. Die Begrüßung der Polizisten fiel äußerst herzlich aus, die Mediziner begrüßten einander freundlich und kollegial.

Man inspizierte den Tatort und speziell die Tote sehr sorgsam. Als Kunert auf die vorgefundenen Trittsiegel der Arbeitsschuhe hinwies und die Verletzungsspuren im Nacken der Toten durch einen Elektroschocker zeigte, waren sich die beiden aus Königsdorf sicher, dass das auch ihr Fall war. »Sie stehen nicht am Anfang einer Untersuchung, eine schlummernde Untersuchung nimmt wieder Fahrt auf. Ich lege mich zu 100 Prozent fest, aus dem Mörder von Schneewittchen respektive Claudia Faller ist ein Serienmörder geworden«, verlautbarte Christian Matzke und Frau Dr. Möller nickte bestätigend. Die beiden zählten alle Ähnlichkeiten auf, die sie zu dieser Überzeugung kommen ließen: »Der Typ des Opfers ist vergleichbar. Das Kidnapping an einem anderen Ort als am Tatort ist uns bekannt. Dafür wurde ein Elektroschocker gewählt. Der Tatort ist so ausgesucht, dass der Mörder in Ruhe seine Lust ausleben konnte. Die Ablage der Leiche ist vergleichbar. Auch wenn wir das noch verifizieren müssen, sind die Trittsiegel der Arbeitsschuhe identisch mit denen im

Fall Schneewittchen. Klaus, ich kann also sagen, unser Mörder hat wieder zugeschlagen.«

Ein kurzes betretenes Schweigen trat ein. Die Argumente waren so überzeugend, dass niemand der Anwesenden widersprach. Klaus Kunert nahm schließlich das Wort: »Christian, du warst überzeugend. Alles scheint darauf hinauszulaufen, dass dieser Fall auf die Mordkommission Schneewittchen übergeht. Natürlich bleiben wir für alle regionalen Recherchen mit größter Hilfestellung an eurer Seite. Doch zunächst werden wir gemeinsam die Fakten absichern und die Entscheidung von höherer Stelle einholen. Es muss dieses Mal gelingen, dieses Monsters endlich habhaft zu werden.«

»Das war das Wort zum Sonntag«, antwortete Christian Matzke trocken.

Schon am nächsten Morgen standen Kerzen und Blumengebinde vor dem Eisentor. Mittendrin war ein großes rotes Pappschild aufgestellt mit dem handschriftlichen Text: »Bitte findet den Mörder!«

# Die Jagd nach dem Mörder beginnt von Neuem

Die Prüfungen, die zur Bestätigung desselben Mörders vorzunehmen waren, wurden bevorzugt durchgeführt und brachten Gewissheit. Die Trittsiegel der Arbeitsschuhe waren identisch. Die kleinen Brandwunden im Nacken der Toten stammten wirklich von einem Elektroschocker und hatten die gleichen Maße wie bei Claudia Faller. Leider waren keine Fingerabdrücke gefunden worden, die mit dem Abdruck auf der Handtasche von Claudia verglichen werden konnten. Der Mörder musste dieses Mal Handschuhe getragen haben, und zwar solche, die keine Spuren hinterließen. Schnell trat Ernüchterung ein. Es gab keine neuen Erkenntnisse zum Mörder. Man drehte sich weiter im Kreis. Für neue Feststellungen übernahm Kommissar Kunert mit seinen Leuten die Befragung aller Anwohner, Beschäftigten und Gäste nach verdächtigen Personen oder Ereignissen in der Tatnacht. Die Befragung war zeitaufwändig und mühsam, blieb aber ohne verwertbares Ergebnis. »Es ist zum Mäuse-Melken«, stöhnte Christian Matzke. Dieser Kerl war ein Phantom. Matzke würde alles tun, um ihn endlich dingfest zu machen. So junge, blühende Leben durften nicht weiter beendet werden. Deshalb ging er sogar einem vagen Hinweis nach, den er in einer Plauderei an der Tankstelle erfahren hatte. Nach den obligatorischen guten Wünschen zum neuen Jahr hatte der Tankstellenbesitzer eine Information herausgerückt: »Übrigens, der seltsame Knabe, der bei seinen Eltern wohnt, scheint wieder da zu sein. Er hat kurz vor Weihnachten bei mir getankt. Wir hatten darüber gesprochen. Erinnern Sie sich?« Das Gespräch war dem Kommissar natürlich präsent, er nickte bestätigend, doch seine Gedanken rasten schon weiter: Dann habe ich einen triftigen Grund, dort nachzuhaken. Der junge Mann scheint dann wohl auch am Mordtag im Land gewesen zu sein. Christian Matzke ließ sich den Weg zu dem Haus nochmals beschreiben.

Der Schornstein des Hauses rauchte. Das konnte Matzke schon von Weitem sehen. Zumindest wurde dort geheizt. Er legte einen Schritt zu und drückte den Klingelknopf. Nach einem kurzen Augenblick wurde die Türe von einer älteren Frau geöffnet. Sie sah den ihr Unbekannten fragend an. Christian Matzke wies sich mit seinem Polizeiausweis aus. »Guten Tag, gnädige Frau, mein Name ist Christian Matzke. Ich bin Kommissar der Kriminalpolizei. In diesem Haus soll ein junger Mann wohnen, den möchte ich gerne sprechen.«

Die Frau wirkte irritiert. »Sie können nur meinen Sohn meinen. Doch der ist zurzeit nicht in der Stadt. Er arbeitet momentan in Essen. Was wollen Sie von ihm? Vielleicht kann ich Ihnen ja helfen.« Der Kommissar nahm dieses Angebot gerne an. »Es geht um eine Zeugenbefragung. Die haben wir bei allen relevanten jungen Männern im Ort durchgeführt. Es geht um ein Verbrechen einer jungen Bewohnerin des Ortes, Fräulein Claudia Faller.«

»Das ist ja sonderbar. Ich habe den Fall in der Zeitung genau verfolgt. Der Mord liegt allerdings schon über ein Jahr zurück. Warum kommen sie erst jetzt zu uns?« Christian Matzke rang einen Moment um eine plausible Antwort. Dann erwiderte er: »Sie haben recht. Wir hatten damals in Erfahrung gebracht, ihr Sohn sei zur Tatzeit nicht im Ort gewesen. Darum haben wir ihn ausgespart. Jetzt machen ihn neue Umstände wieder interessant für uns. Können Sie mir bestätigen, dass er damals wirklich abwesend war?«

»Mit dieser Frage überstrapazieren Sie mein Gedächtnis. Er ist öfter unterwegs. Außerdem ist er leider ein Einzelgänger, der selbst mit seinen Eltern tagelang nicht redet. Wir wissen nicht viel über ihn, auch wenn er unser Sohn ist. Ich weiß nicht einmal, wann er wieder nach Hause kommt und ob überhaupt.«

»Das ist schade, dann muss ich ihn in Essen besuchen. Haben Sie vielleicht eine Adresse für mich?«

»Auch das nicht. Er ist wirklich wortkarg. Aber vielleicht können wir unten etwas in seiner Wohnung finden. Haben Sie Lust, mit mir runterzugehen? Ich helfe gerne.«

Der Kommissar stimmte freudig zu und machte sich mit der Frau des Hauses auf den Weg in den Keller. Die Wohnung war klein und dunkel. Sie wirkte klinisch sauber. Sie überprüften gemeinsam alle möglichen Ablagestellen. Aber sie fanden keine Essener Adresse. Auf dem Tisch lag ein Bündel mit Zeitungsartikeln. Es handelte sich um Empfehlungen für Ausflüge in der Region. Der Kommissar blätterte die Seiten durch und stockte, als er einen Artikel über Knechtsteden sah. »Oh, das könnte für mich von Interesse sein. Darf ich es mitnehmen und auswerten? Das gilt auch für das kleine Telefonbüchlein. Vielleicht finde ich darin eine Nummer aus Essen. Sie bekommen natürlich alles unversehrt zurück.«

Die Frau zögerte eine Sekunde. Letztlich fand sie keinen Grund, der dagegen sprach. Mit der Polizei wollte sie sich gut stellen. »Meinetwegen«, antwortete sie. Der Kommissar bedankte sich und nahm die Dinge mit.

Die Verabschiedung war kurz, aber freundlich. Der Kommissar erhielt das Versprechen, sofort informiert zu werden, wenn der Sohn wieder nach Hause kommen sollte. Er dankte sehr dafür, doch heimlich blieb er dabei, nach ihm auch in Essen zu suchen.


Der Artikel über Knechtsteden hatte den Kommissar förmlich elektrisiert. Endlich gab es einen Bezug, der direkt zu einem möglichen Täter führte. Außerdem bestand die Möglichkeit, die mitgenommenen Unterlagen auf Fingerabdrücke untersuchen zu lassen. Eine Übereinstimmung mit dem Abdruck auf Claudias Handtasche wäre der Durchbruch. Sorgfältig geht er das Telefonbüchlein durch. Vorab suchte er sich die Vorwahl von Essen heraus, damit er richtig suchen konnte. Er begann sofort mit der Überprüfung.

Der Durchbruch blieb aus. Der Fingerabdruck auf der Handtasche von Claudia war nicht deckungsgleich mit den neu abgenommenen. Das Telefonbüchlein enthielt keine Telefonnummer aus dem Raum Essen. Das war der zweite Flop, dachte der Kommissar verbittert. Eine Wanderung nach Knechtsteden als Empfehlung war wirklich nicht genug für einen ernsthaften Tatverdacht. Ihm blieb nur die Hoffnung, dass er im Verhör des Sohnes herausarbeiten konnte, dass der für die beiden Tatzeiträume kein Alibi hatte. Irgendwie war ihm der junge Mann nämlich unheimlich. Nach den Schilderungen seiner Mutter passte er so ganz ins Täterprofil, das er einmal herausgearbeitet hatte.

Kommissar Klaus Kunert und seine Mannen suchten noch in Essen, als von der Mutter des Verdächtigen ein Anruf bei der Polizeistation in Königsdorf erfolgte. Sie konnte berichten, dass ihr Sohn wieder zurückgekehrt sei. Er ging angeblich seiner bisherigen Arbeit nach, die nur durch Betriebsferien unterbrochen war. »Er ist eigentlich regelmäßig abends spätestens ab 18:00 Uhr in seiner Wohnung«, erklärte sie. Christian Matzke nahm sich vor, noch am selben Abend sein Glück zu versuchen.

Als **Er** am Abend nach Hause kam, erzählte ihm seine Mutter vom Besuch des Kommissars und, dass sie ihm gesagt habe, **Er** sei diesen Abend zu Hause. »Der Kommissar kündigte sich daraufhin für den Abend an«, erklärte sie ihm.

**Er** war schon fast an ihr grußlos vorbeigerauscht, als **Er** nach diesen Informationen anhielt, sich zu ihr umdrehte und vor Wut schäumte. »Bist du verrückt, für mich Termine zu machen? Ich bin schon groß, meine Angelegenheiten gehen dich nichts an«, pöbelte **Er** sie an. Sie reagierte entsetzt und blieb ihm vor Angst eine Antwort schuldig. In seinem Kopf ratterten die Gedanken. Zuerst dachte **Er** daran, einfach fortzugehen. Doch dann besann **Er** sich anders. Es hatte keinen Zweck, diesem Treffen zu entfliehen. Das würde ihn nur verdächtig machen. **Er** ging ohne weitere Worte in seine Wohnung hinunter.

Die Zeit war nicht allzu lang, um sich auf das Gespräch vorzubereiten. Doch **Er** nahm das gelassen. Schon oft hatte **Er** darüber nachgedacht, was alles zu tun war, um nicht überführt zu werden. Das Wichtigste erschien ihm eine unwiderlegbare Aussage mit einem Alibi für beide Tatzeiten. Im Fall von Claudia Faller hatte er schwarz gearbeitet. Es gab keine steuerlichen Unterlagen, die auf seinen Arbeitsplatz hinwiesen. Er würde die Schwarzarbeit unumwunden zugeben und sich nicht mehr an das Wo erinnern. »Ich habe damals jede Stelle angenommen«, würde seine Erklärung sein. Im Fall von Melanie Dörfer stand die Bewachung der Baustelle in Essen fest wie ein Turm. Es wäre verrückt, wenn **Er** eine solche Arbeit durch Unterbrechung gefährdet hätte. Außerdem konnte ihm das keiner nachweisen. Davon war **Er** fest überzeugt. Über die Trittsiegel der Arbeitsschuhe am Tatort Schneewittchen konnte **Er** nur leise schmunzeln. Die Schuhe waren entsorgt, und zwar unauffindbar. Gleiches galt für den Wintermantel und den Jack-Wolfskin-Anorak. Beide hatte **Er** verbrannt und durch andere Secondhand-Kleidung ersetzt. Fingerabdrücke konnten keine Rolle spielen, **Er** hatte immer Handschuhe getragen. Eine Zigarettenkippe konnte man ihm nicht zuordnen. **Er** konnte mit Fug und Recht sagen: »Ich rauche nicht.« **Er** hatte es schon länger aufgegeben. Außerdem gab es bei der Befragung keinen hinreichenden Tatverdacht, der an ihm und seinen Sachen Untersuchungen erlauben würde. **Er** strotzte vor Selbstsicherheit.

**Er** empfing den Kommissar äußerst frostig. »Mir ist nicht an einem Gespräch mit Ihnen gelegen. Ist es bei Ihnen üblich, dass man für ein Verhör eines Volljährigen Absprachen mit seiner Mutter trifft?«

Christian Matzke blieb ruhig und erwiderte: »Von einem Verhör kann nicht die Rede sein. Es geht mir um eine Befragung eines Zeugen. Sie waren zum zweiten Mal nicht erreichbar. Nur deshalb habe ich den Weg über Ihre Mutter gesucht. Wenn jemand so grausam gehen muss wie die beiden jungen Frauen, um die es sich dreht, dann hinterlässt das tiefe Wunden. Ich habe versprochen, den Schuldigen für ihren Tod zu finden. Dafür befrage ich alle denkbaren Zeugen. Und Zeugen haben die Pflicht, bei der Lösung solcher Fälle mitzuwirken.«

»Ich sehe dafür keine Berührungspunkte. Was wollen Sie also von mir?«

Der Kommissar nannte die beiden Daten der Morde und fragte ihn, wo **Er** sich da aufgehalten habe.

Eine kleine Pause trat ein. **Er** ließ sich erkennbar Zeit mit einer Antwort. »Meine Erinnerung ist nicht präzise genug, um das zu beantworten. Sie müssen sich mit Eingrenzungen zufriedengeben. Für das erste Datum kann ich sicher sagen, in diesem Zeitraum habe ich außerhalb der Stadt schwarz gearbeitet. Ich hoffe, es fällt nicht unter Ihre Aufgaben, das zu ahnden. Ich habe darüber keine Aufzeichnung und auch keine Steuerunterlagen, wie Sie verstehen werden.« **Er** ließ keine Unterbrechung durch Rückfragen zu, sondern fuhr fort: »Der zweite Zeitpunkt war erst kürzlich. Hier kann ich Ihnen dienen. Der Betrieb, in dem ich arbeite, hatte Betriebsferien angesetzt. Da habe ich die Zeit genutzt, mir eine kurzzeitige Arbeit zu suchen. Ich konnte das Geld gut gebrauchen. Ich musste bei einem Bauträger in Essen in der Zeitspanne kurz vor Heiligabend bis Mitte Januar eine Baustelle bewachen. Bevor Sie das fragen, ich tat dies allein. Ich weiß natürlich nicht, ob man mich überprüft hat. Ich habe meine Aufgabe jedenfalls ohne Unterbrechung erfüllt. War es das?«

Kommissar Matzke ging weder auf die Antworten noch auf die Frage ein. Er arbeitete seinen Fragenkatalog ruhig ab: »Haben Sie Arbeitsschuhe der Marke Baumeister?«

**Er** lachte kurz auf und meinte: »Ich bin kein Krösus. So teure Schuhe kann ich mir nicht leisten. So etwas habe ich nie besessen.«

»Das gilt dann wohl auch für einen Jack-Wolfskin-Anorak?«

»Stimmt! Sie können sich gerne in meinem Kleiderschrank überzeugen.«

Bei Kommissar Matzke schwand langsam, aber sicher die Hoffnung auf einen Durchbruch, trotzdem fuhr er mit dem Fragen fort: »Sind Sie Raucher?«

»Ein weiteres Nein. Rauchen ist Geldverschwendung und außerdem ungesund.«

»Ich würde gerne Ihre Fingerabdrücke nehmen, um Sie aus dem Kreis der Verdächtigen für alle Fälle auszuschließen. Sind Sie einverstanden?«

»Mir bleibt wohl nichts anderes über, auch wenn Sie jetzt doch von Verdächtigen sprechen. Aber Sie haben sicher eine Ausrede dafür.«

In Kommissar Matzke wuchs der Ärger, doch er blieb ruhig und antwortete desillusioniert: »O.k., dann kommen Sie bitte morgen, wann immer Sie können, im Revier vorbei. Ich sage Bescheid.« Zerknirscht rang er sich die Sätze ab: »Das war es. Sie haben mir sehr geholfen. Ich würde mir nur gerne noch beim Hinausgehen Ihren Wagen ansehen.«

»Dann lassen Sie uns gehen. Je eher Sie wieder fort sind, umso besser«, kam frostig zurück.

Der Wagen stand in einer Parknische neben dem Haus. Matzke sah sofort, dass die Reifen dieser Rostlaube nicht zu den gesicherten Gipsabdrücken passten. Er erlebte also einen letzten Flop, bevor er ging.

Auf dem Weg zum Revier grübelte er über diese Befragung nach. Er ahnte, dass sie keine Beweise bringen würde. Trotzdem, der Kerl hatte ihm gar nicht gefallen. Sein Bauchgefühl sagte ihm, dass er mit den Fällen verbunden war und etwas auf dem Kerbholz hatte. Das war bestimmt nicht ihr letztes Zusammentreffen.

Am nächsten Morgen lagen die nun ganz sicher von ihm abgenommenen Fingerabdrücke vor. **Er** war noch am Vorabend vorbeigekommen. »Ich will ja an der Aufklärung mitwirken«, hatte **Er** dabei in ironischem Ton gesagt, musste sich der Kommissar von Dieter Keller die nächste Frechheit anhören. Der versteckte seinen Zorn nur unzureichend. Aber viel größer war seine Enttäuschung, dass das Kartenhaus fürs Erste zusammengebrochen war. Er sah beim besten Willen keine weiteren Ansatzpunkte mehr. Trotzdem war er sich sicher, dass er den wahren Mörder vor sich gehabt hatte. Eines blieb noch zu tun: Er ordnete an, alle Dinge und Argumente, die ihn betrafen, gesondert zu verwahren. Heimlich setzte er nämlich auf den Durchbruch der DNA-Analyse für die Kriminaltechnik. Der Kommissar wollte deshalb alle Spuren für diesen Tag schützen. Er wollte, geduldig wie eine Spinne, dazu vor dem aufgespannten Netz warten. In der Zwischenzeit mutierte der Fall wieder zu einem Cold Case. …

# 1998, das Jahr des Durchbruchs

Am 16. März 1998 war ein elfjähriges Mädchen im Landkreis Cloppenburg entführt und getötet worden. Inzwischen war die DNA-Analyse für die kriminaltechnische Anwendung so ausgereift, dass sich die Ermittlungsbehörde entschloss, sie anzuwenden. Man brauchte DNA-Quellen für eine Spurenanalyse. Die lagen bei diesem Fall mit Sperma, Urin, Hautpartikeln, Speichel und Blut vor, teilweise allerdings nur in nicht analysierbaren Mengen. Die konnte man aber inzwischen mit dem Verfahren PCR (Polymerase Chane Reaction) vervielfachen. Danach wurden bestimmte Abschnitte der DNA, sogenannte Marker, entschlüsselt und computergesteuert in Zahlenkombinationen übersetzt, die für jeden Menschen einmalig waren. Hatte man die DNA eines Verdächtigen, so konnte man endlich den Beweis erbringen, dass man die Marker des Täters und Spurenlegers auf den Beweisstücken gefunden hatte. Der Täter war überführt.

Für eine Vergleichs-DNA entschloss man sich, alle Männer der Region in einem bestimmten Alter zu einem Speicheltest aufzufordern. Fast 17.000 Männer kamen diesem Aufruf nach. Darunter hatte einer die gleiche DNA, die der Täter an den Tatorten hinterlassen hatte. Er, ein Vater von drei Kindern, wurde beim Rasenmähen verhaftet. Er brach unter dem Verhör und den vorgetragenen Tatsachen noch am selben Tag zusammen und gestand.

Kommissar Christian Matzke hatte diesen Fahndungserfolg in der Zeitung aufmerksam verfolgt. Ihm lagen ebenfalls Marker des Täters und Spurenlegers von den Tatorten vor: Sperma, Urin, möglicherweise Blut und Hautpartikel an der Faser des Anoraks und Speichel an der Zigarettenkippe.

Nun brauchte er die Vergleichs-DNA seines Hauptverdächtigen. Der Kommissar wollte auf einen Massentest einer relevanten Bevölkerungsgruppe verzichten und hatte einen anderen Weg im Auge. Seinen Hauptverdächtigen hatte er über die ganze Dauer im Blick behalten. Gegen den jungen Mann war inzwischen wegen einiger Bagatelldelikte entschieden worden. Das konnte durchaus für das Durchsetzen seines Vorhabens genügen, stand allerdings unter Richtervorbehalt. Er wollte also zunächst auf dieser Grundlage die Zustimmung des Richters einholen und hatte damit Erfolg.

Die Auswertung brachte den Durchbruch. Sein Bauchgefühl war immer richtig gewesen. Seine Beharrlichkeit wurde belohnt. Die DNA seines Hauptverdächtigen stimmte mit derjenigen an beiden Tatorten überein. Noch am selben Tag wurde L. O. verhaftet.

# Verhör und Geständnis

L. O. wurde von einem Vollzugsbeamten hereingeführt. Mit gesenktem Kopf und hängenden Schultern kam er, erkennbar unwillig, zum Tisch hingelaufen. Er stand ziemlich neben sich. Seine Selbstsicherheit und Arroganz sind völlig verschwunden, registrierte der Kommissar.

Nun war er endlich am Ende angekommen. Er hatte sein Versprechen eingelöst. Der Mörder war überführt. Das Böse ist eben nur menschlich und nichts Besonderes, dachte er müde. Nichts, was er erfahren hatte, galt es nochmals zu überdenken, nur was er noch nicht gehört hatte, war noch interessant. In seinem Kopf arbeitete es fieberhaft weiter.

Er hatte sich als Strategie vorgenommen, er wollte ihm keine bewiesene Tat vorwerfen, sondern nur abstrakt von erdrückenden DNA-Beweisen sprechen. Der Ton macht die Musik, dachte er dabei. Außerdem war er entschlossen, ihm genügend Zeit zu lassen.

L. O. saß stumm und apathisch vor ihm, die Hände in seinem Schoß und knibbelte an seinen abgekauten Fingernägeln. Sahen die immer schon so widerlich aus?, fragte sich der Kommissar im Stillen. Er konnte es nicht mit Bestimmtheit sagen. Was bin ich doch für ein schlechter Beobachter, tadelte er sich insgeheim.

Dann machte es ihm der Mörder überraschend leicht: »Ich habe schon lange gespürt, dass dieser Moment irgendwann kommt. Mir war klar, dass Sie ein Terrier sind, der niemals loslassen wird. Die Zeit, die mir in der Freiheit blieb, wurde für mich zur Tortur.

Ich will nichts mehr schönreden und begründen, ich bin Ihr Täter.« Danach brach er weinend zusammen.

Christian Matzke fühlte keinen Triumph.

L. O. wurde schweißnass in seiner Zelle wach. Er erinnerte seine Angsträume nicht im Detail, aber er hatte wieder versagt. Er hatte sich kampflos aufgegeben, wie immer in seinem Leben. Er hatte immer nur Schwächere dominiert. Er war ein Versager, ein feiges Schwein. Auch seine Eltern waren schwach gewesen. Sie hatten ihn nicht auf den richtigen Weg geführt. Er hatte sie stattdessen beherrscht und verletzt.

Oh je, schon wieder hatte er auch sie als Schwächere ausgeguckt. Welche, die er als Schwächlinge markiert hatte. Und das wäre immer sein Lebenssinn geblieben, wenn er nicht erwischt worden wäre. Sein Tun wäre in den Augen der anderen weiter hässlich geblieben. Der zeigt immer wieder seine fehlende Empathie und wird sich nie ändern, hörte er sie sagen. Er konnte sich wirklich nicht in die Eigenarten seines Gegenübers einfühlen. Er hätte das Hässliche wirklich nie aufhören können. Ob ich hier drin Ruhe finden kann, dachte er bereits halb weggeschlummert. …

# Postskriptum

Die Geschichte um Schneewittchen hat auch nach 1998 Nachwirkungen:
Im Falle von **L. O.** wurde Mord als Straftatbestand zugrunde gelegt.

Das deutsche Strafrecht kennt jedoch keine Verurteilung eines Täters, wenn er seine Tat ohne Schuld beging.

Schuldfähigkeit ist Voraussetzung, dabei werden zwei Tatbestände geprüft: Hat der Täter die Einsicht, dass seine Tat strafbar ist?

Hat der Täter die Fähigkeit, sein Verhalten zu steuern? Festgestellte psychische, seelische oder auch körperliche Beeinträchtigungen können dabei zur Schuldunfähigkeit führen.

Das Gericht holte profunde ärztliche Gutachten ein, welche die Schuldunfähigkeit von L. O. zweifelsfrei belegten.

Nach den Befunden war für ihn die Unrechtmäßigkeit seiner Taten zwar erkennbar, er war allerdings aufgrund seiner psychischen Störungen nicht in der Lage, sein Verhalten zu steuern. L. O. wurde deshalb in den psychiatrischen Maßregelvollzug eingewiesen. Eine anschließende Sicherungsverwahrung ist vorgesehen.

**Margot Faller** hatte kurz vor ihrem tragischen Tod einen Betrag von 50.000 Mark für denjenigen ausgesetzt, der den Mörder ihrer Tochter überführen würde. Das war nun dem Kommissar gelungen, der nie aufgab. Sein Cold Case, der schließlich durch seine Beharrlichkeit wieder warm geworden war, gab ihm zwar große Befriedigung, einen Geldsegen brachte er dem Beamten natürlich nicht ein.

»Der Staatsdienst muss zum Nutzen derer geführt werden, die ihm anvertraut werden, nicht zum Nutzen derer, denen er anvertraut ist.« (Marcus Tullius Cicero, römischer Politiker und Philosoph)

**Hans Faller** hat als zweite Liebe eine 40-jährige Blondine erobert. Der Altersunterschied ist nur bei Käse ein Problem. Faller vermittelte wieder erfolgreich Versicherungen.

Verliebt sein bedeutet, dass dein Kopf nicht mehr funktioniert, galt also nicht. Mit der zweiten geht es besser? Da müssen wir dranbleiben!

Auch **Timo Meyer** hatte eine zweite Liebe gefunden. Ein Satz soll das ausgelöst haben: Eine Schildkröte kannst du in einem Kühlschrank überleben lassen, mich nicht, ich brauche Wärme! Er widmete seiner Liebsten wieder ein Lied, und sie störte sich nicht daran, dass es in deutscher Sprache gesungen wurde. Deutsch war aber auch wirklich eine intellektuelle Sprache: Tagsüber der Weizen, das Korn; abends das Weizen, der Korn!

Er wählte den Hit von Bernd Clüver:
»Ein Mädchen wie du
Macht mich glücklich,
Ein Mädchen wie du hat mir gefehlt.
Die Augen so schön und gefährlich,
Noch keine war jemals wie du.«

# Personenverzeichnis

Bader, Ella, Floristin in Königsdorf

Bode, Ludwig, Bäcker in Königsdorf

Büttner, Franz, Abiturient

Crick, Francis, britischer Physiker mit Nobelpreis (real)

Dörfer, Melanie, Servicekraft im Bullenstall von Knechtsteden

Er, oder der Mörder, der bis zur Überführung namenlose Mörder, danach L. O.

Faller, Claudia, frischgebackene Abiturientin, Schneewittchen genannt

Faller, Hans, Vater von Claudia, Versicherungsmakler

Faller, Margot, Mutter von Claudia, Hausfrau

Franklin, Rosalind, britische Biochemikerin (real)

Keller, Dieter, Ermittler der Mordkommission

Klein, Otto, Polizeifotograf

Kress, Alexander, Ermittler

Kunert, Klaus, Kriminalinspektor aus Dormagen

Levene, Phoebus, litauischer Biochemiker (real)

Matzke, Christian, Kommissar, Leiter der Mordkommission

Meyer, Timo, Claudias Exfreund

Miescher, Johann Friedrich, Schweizer Chemiker (real)

Mittag, Eva, Verkäuferin

Möller, Marlies, Amtsärztin

Müller, Rudolf, Schutzpolizist

Nurman, Kadir, Erfinder des Döners 1972 in Berlin (real)

Paul, Jens, Ermittler

Richards, Helmut, Arbeiter im Gartenbau in Königsdorf

Rohde, Erwin, Tankstellenpächter in Königsdorf

Runge, Oliver, Spurensuche

Schäfer, Jupp, Dorfdepp von Königsdorf

Schenke, Silvia, Lokalreporterin

Schneider, Edgar, Anwohner der Sebastianusstraße in Frechen-Königsdorf

Schrader, Inge, Kassiererin im Supermarkt Königsdorf

Schuler, Winfried, Oberhaupt einer Kölner Großfamilie

Schuler, Wilma, Ehefrau von Winfried Schuler

Watson, James, US-amerikanischer Molekularbiologe mit Nobelpreis (real)

Wienhold, Klaus, Abiturient

Wilkins, Maurice, neuseeländischer Physiker mit Nobelpreis (real)

Winter, Dr. Gerrit, Staatsanwaltschaft Köln

# Literaturverzeichnis

Akademie Karrierebibel TV (digital). Dominanzgesten: Woran Sie sie erkennen

Akademie Karrierebibel TV (digital). Körpersprache deuten: So dechiffrieren Sie Gesten

Aschermann, Tim. Schere, Stein, Papier: So gewinnen Sie immer, Focus online, 24.1.2018

Cepielik, Barbara A. (Herausgeberin). Kleine Fluchten, J. P. Bachem Verlag Köln, 1. Aufl. 2013

Deneke, Jürgen. Natürlich schöne Events, Markt & Standort, Wirtschaftsblatt 3/11

Deutsches Rotes Kreuz (digital). Herz-Lungen-Wiederbelebung

Deutsches Spionagemuseum, Berlin (digital). Geschichte der biometrischen Datenerfassung 4: DNA-Analyse

DocCheck Flexikon (digital). AB0-System

Feiern & Tagen im Kulturhof Kloster Knechtsteden (digital). 10.7.2022

Felchner, Carola. Reanimation bei Erwachsenen, NetDoc, 3.12.2021

Gentechnisches Netzwerk Berlin e.V. in Kooperation mit der Roten Hilfe (2014). Der polizeiliche Zugriff auf DNA-Daten: Strategie der Gegenwehr, Broschüre zur rechtlichen und sonstigen Beratung

Kraft, Alexandra. Der Stammbaum war ihr Schicksal, Stern 19.7.2018

kriminalwissenschaft.de/Lehrmaterialien. Der erste Angriff

Kupferschmidt, Kai. Verwesen im Dienste der Wissenschaft, Süddeutsche Zeitung (digital), 19.3.2016

Leitlinien der Deutschen Gesellschaft für Rechtsmedizin (digital). Die rechtsmedizinische Leichenöffnung

Lennen, Lindsay, Trevethan, Jenna & Bintcliffe, Isabelle. DNA-Spuren richtig sichern, der Kriminalist, 3/2011

Lügner entlarven – Anhand der Körpersprache Lügen erkennen. Forschung und Wissen (digital)

Mathes, Werner & Herrnkind, Kerstin. Strickleiter zum Täter, Stern, 3/2012

Michel, Jörg. Mit lockerer Hand, Kölner Stadtanzeiger, 31.3.2012

9. April 1998: Erste Tätersuche per Massen-Gentest, NDR (digital), Stand 9.4.2018

Noé, Isabell. So läuft die Suche nach Vermissten, ntv.de, 3.8.2016

Norbert-Gymnasium Knechtsteden. Unsere Schule im Überblick (digital)

Rüer, Uwe, Diplom-Kriminalist. Kriminalistisches Denken im Kontext systemisch-konstruktivistischer Theorie eine Skizze, Berlin 30.8.2004

Schimmer, Helga. Mord ist ihr Alltag, Verlag Kremayr & Scheriau KG, Wien, 2008

Schmidt, Nicola. Der Wert eines gebrochenen Herzens, Süddeutsche Zeitung, 6.7.2011

Schuldunfähigkeit im Strafrecht, Rechtsanwälte Fachanwälte, Notare, Kanzlei Kotz (digital)

6. November 1987 – Genetischer Fingerabdruck überführt Täter, WDR 1 (digital), Stand 6.11.2012

So arbeiten Kriminaltechniker, W wie Wissen – ARD Das Erste (digital)

Strafprozessordnung (StPO)
§ 87 Leichenschau, Leichenöffnung, Ausgrabung der Leiche, Bundesamt für Justiz (digital)

Tsokos, Michael. Der Toten Leser, Ullstein Taschenbuch, 1. Aufl. Oktober 2010

Westerhaus, Christine. Verdächtige Spucke, Archiv Deutschlandfunk, 10.8.2011

Wikipedia. Badetod

Wikipedia. Cold-Case-Ermittlungen

Wikipedia. Kloster Knechtsteden

Wikipedia. Reid-Methode